鬼人幻燈抄

明治編　君を想う

きじんげんとうしょう
めいじへん　きみをおもう

中西モトオ

双葉社

鬼《き》人《じん》幻《げん》燈《とう》抄《しょう》

登場人物紹介

葛野甚夜《かどのじんや》
昼は蕎麦屋、夜は鬼退治の仕事をして暮らす鬼の男。170年後、葛野《かどの》の地に現れる鬼神と対峙するべく力をつけている。

葛野野茉莉《のまり》
鬼の夕凪《ゆうなぎ》に託されて育てることになった甚夜の愛娘。

兼臣《かねおみ》
妖刀・夜刀守兼臣《やとのもりかねおみ》に宿った人格。

三代目・秋津染吾郎《あきつそめごろう》
金工《きんこう》の名職人で知られる秋津染吾郎の名を継ぐ三代目。付喪神《つくもがみ》使い。

宇津木平吉《うつぎへいきち》
染吾郎の弟子。鬼を嫌悪している。

向日葵《ひまわり》
マガツメの心の断片から生まれた鬼女。

東菊《あずまぎく》
鬼の力で辛い記憶を消してひと時の慰みを与える、癒しの巫女。

鈴音《すずね》
甚夜の実の妹。正体は鬼で、甚夜の最愛の人・白雪《しらゆき》の命を奪った。京の地でマガツメを名乗り、再び甚夜の前に現れる。

鬼人幻燈抄　明治編

目次

装幀　bookwall(築地亜希乃)
装画　Tamaki

前巻までのあらすじ

明治十四年(1881年)十一月。甚夜は、聞いたものは非業の死を遂げるとされる「逆さの小路」の噂話について調べていた。だが、小路の位置を知っているという人物から聞いた場所へ一歩入ったところで、黒い影に飲み込まれてしまう。意識を取り戻して甚夜が見たのは、そこにいるはずのない白雪の姿だった。

一方、甚夜とは別行動をとっていた宇津木平吉は、癒しの巫女と呼ばれている鬼の東菊と接触していた。最初は警戒していた平吉だが、人々の心を癒す彼女の姿を見て次第に心を開いていく。彼女から護衛と人探しを頼まれて、それを引き受けることにしたのだが——

あなたとあるく（承前）

3

いつものように、てをつないで、ふたりいえじをたどる。


「せやけど、今一つ分からへんな」

廃寺の本堂に座り込んだまま、平吉《へいきち》はふと呟く。

癒しの巫女は子供のようにあんぱんを頬張っていた。

明朗で甘い菓子を好み、なにより無邪気に笑う。大仰な肩書きとは裏腹に演じていない時の東菊《あずまぎく》はごく普通の娘だ。

「なにが？」

「記憶の消去・改変なんて力で、ついた通り名が癒しの巫女。なんでやろなと思て」

東菊は最後の一欠片《かけら》をこくりと飲み込むと、口元を拭って考え込む。意識していないのだろうが、白く細い指の触れる唇がやけに赤く見えて思わずじっと見つめてしまう。

「例えば、私と宇津木《うつぎ》さんが夫婦《めおと》だとして」

「めっ、めおと……!?」

「だから、例えば」

突拍子もない発言に平吉は慌ててしまった。依頼とはいえ野茉莉《のまり》に隠れて会いに来ている。後ろめたさと照れから、平吉はあちらこちらと視線をさ迷わせる。東菊の方は反応の大きさに戸惑ったのか、ぎこちなく微笑んでいた。

「もしも私が誰かに殺されたら、どう思う？」

一度咳払いをして、東菊は静かに話を続ける。その雰囲気に冗談の類ではないと感じとれたから、多少の動揺はあれど平吉も気を落ち着けてしっかりと答えた。

「そら、多分殺した奴を恨むんとちゃうか」

大切なものを失う痛みは実感として胸にある。目の前で絶命する東菊の姿が容易に想像できてしまったせいか、声色は重く冷たい。

どうやら答えは間違っていなかったらしく、東菊は満足げに頷いた。

「そうだね。恨んで、だけどどうにもならないって知っているから苦しんで。どうして守ってやれなかったんだろうと嘆きながら暮らすの」

「嫌な話やな」

「じゃあ私が病死や寿命、どうにもならないもので死んだなら？　きっと悲しくても、仕方がないって諦められるでしょう」

「そら、まぁなぁ」

殺されたのでなければ恨む相手は神仏くらいのものだ。天寿を全うできたのなら、悲しみこそすれど後悔はないだろう。

「病だって同じ。苦しみさえ感じなければ、そもそも病を患っているなんて思いもしない。何か一つを上手に忘れられたなら、他の部分もうまく回るように人はできているの」

事実は変えられなくても、原因の記憶を改変するか現状の苦痛を消去すれば、都合よく勘違いしたままでいられる。彼女にはそういう真似ができてしまう。

「だから私は東菊。誤魔化しのような癒ししか与えられない、中途半端な巫女にございます」

おどけて見せても瞳に宿った悲しげな色は消せない。本当ならば救ってやりたいのに、それができない。抱く理想に今一歩届かない自分が歯痒《はがゆ》い。その嘆きは平吉がいつも感じている焦燥とよく似ていた。

「ひと時の慰みを与える花ってことやな」

東菊の名が今さらながら胸に落ちる。美しい景色を忘れさせることでしか癒せない巫女。そのあり方はまるで、栄華の終わりに流された地で帝の侘《わび》しさを慰める都忘れの花のようだ。

蕎麦《そば》屋の店主の言を真似てみれば、彼女は意外そうに目を見開く。

「よく知ってたね」

「おう、まあ、な。東菊って都忘れの別名なんやろ？　風流な女やな」

「風流な女、か。ふふ、そう言われると悪くないね」

どうやら少しは気が紛れたようだ。

平吉はいったん安堵の息を吐いた後、表情を引き締めた。彼女の話には引っ掛かるところがあった。東菊は人探しをしているのに、その相手を知らないと語る。彼女の異能と照らし合わせれば一つの仮説が成り立ってしまう。

「なあ、もしかして」

「なに？」

「いや、すまん。なんでもない」

もしかしてお前が探し人を知らないというのは、そこに耐えがたい何かがあったからではないのか。そう聞けるほど無遠慮にはなれなかった。

「貴方にも忘れたいことはある？」

一瞬、何を言われたのか理解できなかった。話の流れの冗談、または本気の気遣いか。どちらにせよ平吉はその申し出をうまく呑み込めない。

「辛《つら》い記憶があるのなら、忘れた方が楽でしょう」

「遠慮しとく。なんや、ちょっとあれやし」

たっぷり数十秒使って、なんとか返答を絞り出す。

「そう？」

東菊もそれ以上は勧めず、会話はそこで途切れた。

父母の死を忘れられたなら、そう考えなかったと言えば嘘になる。しかし悲しかった記憶をなかったことにした時、自分はどう心変わりするのだろうか。その想像にかすかな恐怖を感じ、平吉はしばらくのあいだ東菊の寂しそうな横顔を見詰めていた。

どれだけ歳月が流れようとも、忘れ得ぬ景色がある。

別れを意味すると知りながら、他がために生きる道を選んだ巫女がいた。自身の想いよりもこだわった生き方を優先する。不器用な女だったが、だからこそ惹《ひ》かれてもいた。傍《はた》から見れば愚かな道行きだったとしても、それが全てだと信じていた時期があった。

「……白《しら》……雪《ゆき》？」

無意識の内に彼女の名を呼ぶ。

甚夜《じんや》は動揺していた。失くしたはずのものが目の前にある、その事実に心が震えている。湧き上がった感情は歓喜か暗鬼か、自分でも把握し切れなかった。

「どうしたの？」

白雪は不思議そうにこちらを見つめている。それが記憶に残る面影と重なって、手を伸ばしそうになった。

「いや、少し寝ぼけていただけだ」

ほんの数秒で平静を取り戻し、普段通りの顔を作って見せる。懐かしさに浸れなかったのは記憶が途切れていなかったからだ。

逆さの小路に入った途端に黒い影に襲われ、目を覚ませば布団で寝ていた。現状はあの影が引き起こしたものと考えて間違いないだろう。左の拳を握り締めてみたところで、違和感に奥歯を噛む。

〈同化《どうか》〉〈剛力《ごうりき》〉〈隠行《おんぎょう》〉〈疾駆《しっく》〉〈犬神《いぬがみ》〉〈飛刃《ひじん》〉〈空言《そらごと》〉〈不抜《ふばつ》〉〈血刀《ちがたな》〉〈地縛《じしばり》〉。取り込んだはずの異能をどれも感じ取れない。鬼を喰《く》らう異形《いぎょう》の左腕も単なる人の腕になっていた。

つまり記憶はあるが、この身はかつての甚太《じんた》なのだ。

感覚としてはおふうの異能に取り込まれた時と似ているが、それだけではないようにも思う。現状を理解しようと努めるが、いかんせん情報が少なすぎる。仮説にすらならない想像を棄却し、いまだきょとんとしたままこちらの様子を窺う白雪に話しかける。

「何でもない、気にするな」

「それならいいけど。さ、ご飯食べよ」

納得したわけではないだろうに、白雪はそれ以上何も聞いてこなかった。

昔からそうだった。白雪はこちらが隠したいと思っているところには、それを十分理解しながらも踏み込もうとしない。忘れかけていた距離感に胸が詰まる。だから現状はどうあれ、穏やかな心持ちになれた。

「そうだな、準備しよう」

懐かしさに心が鈍ったのかもしれない。甚夜は当たり前のように、なんの警戒もなく白雪の隣に立っていた。

「せっかく姫さまが来たんだから、もっとおいしいものを出せばいいのに」

起きてきた鈴音《すずね》を含めて三人で朝食を始める。いつも通りの麦飯と漬物が不服なのか、鈴音は頬を膨らませていた。

「にいちゃん、どうしたの？」

反応がないことを疑問に思ったのか、幼い鈴音が見詰めている。あれだけ苦悩したのにもかかわらず、鈴音を前にしても憎しみが湧き上がってこない。

「気にするな、鈴音」

おかげで楽しそうに笑う鈴音を受け入れ、頭を撫でてやれる程度には余裕がある。昔はこうやって兄妹二人で穏やかに暮らしていた。

「ほんと、甚太はすずちゃんには甘いよね」

「そうでもないさ」

妹を殴り殺そうとした男のどこが甘いのか。返答はひどく素っ気ないものになってしまった。

「にいちゃん、今日は本当に変だよ」

「本当に、なんでもないんだ」

うまく笑えなかったのは、妹の笑みの裏にある淀みを知っているせいだ。

あの頃の甚太は視野の狭い愚か者だった。目に映る景色をただ美しいと信じ込み、ほころびはいくつもあったのに気付こうともしなかった。今になって歪《いびつ》な過去を見せつけられると、和やかなはずなのに責め立てられているようにも感じてしまう。

「さ、そろそろ行こうか」

白雪の呼びかけに後悔を拭った甚夜は小さく息を吐き、何事もなかったように振る舞う。

「どこへ？」

「どこへって……昨日も言ったでしょう？　伝えたいことがあるんだ。とても大切なこと。だから今日一日、私に付き合ってくれないかな」

白雪は瞳に一抹の寂寞《せきばく》を滲《にじ》ませ、そっと瞼《まぶた》を伏せた。

本当は言われるまでもなく知っていた。いつきひめは社《やしろ》から出ず、ただ神聖なものとしてあり続ける。なのに白雪が傍にいる理由は一つしかない。

これが、あの日の再現だからだ。


「すまない、留守を頼む」

「うん、楽しんできてね」

朝食を終えて白雪に促されるまま家を出ると、鈴音はそれを朗らかに送り出す。

この子には鬼切役《おにきりやく》がある度に留守を任せていたが、不満も言わず帰りを待ってくれていた。その優しさにどれだけ救われたことだろうか。

「ほんと、すずちゃんはいい子だねぇ」

手を振って見送ってくれる鈴音を見ながら、白雪は呑気にそう言った。

二人でこれから集落を歩くというのに、甚夜の心が浮き立つことはない。日が暮れる頃には明確な終わりが待っていると知っているからだ。

並んで集落を見て回れば、すれ違う人々が好奇の視線やからかいを投げかける。白雪が見せつけるように体を寄せると、鼻腔《びこう》をくすぐる彼女の香に少しだけ頬が熱くなった。同時に嗅覚や触覚が正常に働き状況が甚夜の知る過去と一致している点から、おふうの〈夢殿《ゆめどの》〉よりも記憶を基にする〈空言〉に近い現象ではないかと推測する。

彼女と再び会えたことを嬉しいと思っているはずなのに、頭のどこかが冷めている。成長と言えば聞こえはいいが、あまり気分のいいものでもなかった。

「あ、甚太様！　いらっしゃい、ませ？」

途中で茶屋に立ち寄ると、懐かしい顔が迎えてくれた。

「ちとせ、邪魔するぞ」

茶屋の娘、ちとせが目を丸くしてこちらを見ている。この子はこれからいつきひめとなり、国《くに》枝航大《えだこうだい》と結ばれる。その行く末と幼い表情の差異がおかしくて、甚夜は思わずくすりと笑った。

「あの、その方は？」

「知り合いだ。それ以上は聞いてくれるな」

「はぁ……あっと、すみません。ご注文は？」

茶と団子を頼み、待つ間は白雪と談笑して過ごす。しばらくするとちとせが木の盆に湯呑と小皿を載せて戻ってくる。白雪には団子を、甚夜には好物の磯辺餅を用意してくれたのだ。

「磯辺餅。お好きでしたよね？」

「覚えていてくれたんだな」

今も、そして何十年と経っても。それが嬉しかったから、表情はいつもより柔らかくなった。

「はいっ。ちょうどもらい物があったんで、せっかくですから」

「すまん、ありがたくいただこう」

「いえ、ゆっくりしていってください」

当時は気付かなかったが、葛野《かどの》で過ごした何気ない日常はこんなにも幸せだったのだと改めて思い知らされる。白雪は団子を食べながら甚太だけが優遇されたせいか不満そうにしている。彼女の膨れ面さえ懐かしく思え、だからこそ甚夜は目を伏せた。

「変わらずにはいられないものだな」

あの時と同じ言葉を違う意味で呟く。

白夜《びゃくや》は何も返さなかった。沈黙に責め立てられるような心地だった。

その後も集落を歩きくだらない話をした。もともと娯楽の少ない集落だが、久しぶりに外を歩く白雪は楽しそうにしている。それに引きずられる形で、甚夜も幼い頃に戻ったような心地で集落を見て回った。

ゆっくり日は沈み、もうすぐ辺りは夕暮れの色になる。その前に義父母の眠る場所へと二人は向かった。

葛野では火葬が一般的であり、遺灰は「いらずの森」に撒《ま》かれる。

死者の灰が森を育てるというのは、葛野に古くからあった信仰だ。火の女神であるマヒルさまを崇《あが》める集落の民にとって火葬は神聖な儀式である。焼かれた同胞は土に還《かえ》り、たたら炭の原料になる木々を育てて集落に繁栄をもたらしてくれるのだ。義父母の遺灰もこの森の奥に撒かれた。昔は時折ここに来ていたが、集落を離れてからは機会もなく不義理をしてしまった。

甚夜は目を瞑《つむ》って俯《うつむ》く。もう少しこの場所にいたいと考えたのは、死者を悼む気持ち以上に言い様のない不安を感じたせいだ。記憶の通りならば、この後は戻川《もどりがわ》を一望できる丘へと向かい白雪と互いに想いを伝え合う。そこで二人は終わりを迎える。近付く別れに甚夜は躊躇《ためら》い、立ち止まってしまった。

「甚太？」

白雪が心配そうに声を掛けてくれる。耳には入っていたが何も返せなかった。

これからの流れは把握している。別れの後、甚太は〈剛力〉の鬼を討伐しに向かう。戦いに赴いている間、白雪と清正《きよまさ》は逢瀬を交わし、鬼と化した鈴音は白雪を殺す。この道は現世を滅びに導く鬼神へと繋がっているのだ。

しかし、まだ何も起こっていない。甚夜もマガツメも存在せず、そもそも白雪と離れる必要もない。ここで足踏みを続けていれば、終わりに立ち合わなければ、ひたすらに力を求める無様な鬼人も生まれずに済むのではないか。間違えた生き方を覆せるのではと考えてしまった。

「ここで、甚太と話したかったんだ」

しっとりと濡れた響きに甚夜は顔を上げた。

気付けば夕日が辺りを橙《だいだい》色に染めている。本来ならば夕暮れ時には小高い丘に着いていたはずだった。

ここにきて大きくなった記憶との差異に警戒を強めて白雪を見る。透明な笑みに秘められた想いを、甚夜は既に知っていた。

「ここは私の始まりの場所。だから、伝えるのはこの場所がいいと思ったの。聞いてくれる？」

やはり違う。今迄は過去の出来事をなぞりつつも、遭遇した人々は明確な人格を持っていた。だが今の白雪は、かつて口にした言葉を繰り返しているだけだ。

「ねえ、甚太」

風景に溶け込むような色のない微笑みが向けられた。白雪が何を言おうとしているのかを覚えている。清正と結ばれるのだと告げられ、転がるように終わりへ向かう。

けれど続く言葉は、甚夜の想定からかけ離れていた。

「貴方は、どうしたい？」

あの時とは違う問いに思考が止まった。

もしもうまくやれたなら、望む未来を得られるのではないか。

迷いを見透かされてできた空白に、風が強く吹き抜ける。木々が鳴き木の葉が舞ったかと思えば、白雪が数多《あまた》の葉に包み込まれる。

そうして彼女は瞬きのうちに消えてしまった。

「白雪！」

辺りを見渡しても人影はなく、なんの気配も感じられない。

いったいどうなっているのか。

まずは呼吸を整える。改めて意識を周囲に向ければ、先程はいなかったはずなのに森から男が歩いてくる。

甚夜は息を呑んだ。ここが記憶の再現なら、男は絶対に出てくるはずのない人物である。なにせ彼は、とうの昔に死んでいるのだ。

「おう、甚太」

男は甚夜を見つけると軽く手を上げた。

――行く所がないんなら、うちに来ないか？

懐かしい幻聴が聞こえてくる。

もともと江戸にある商家の生まれだった兄妹を、彼が葛野に連れてきてくれた。白雪の父であり先代の巫女守《みこもり》。雨に打たれて何もできずにいた幼い甚太の手を引いてくれた恩人だった。

「元治《もとはる》、さん？」

ただたどしく名を呼べば、元治は朗らかに笑った。

4

あたたかさがくすぐったくて、こどもみたいだねと、わたしはわらう。
なつかしさにこころうかれて、けれどちかづいたみちのおわりに、しらずけしきはにじんで。

「はいはい、おしまいや。散った散った。巫女様は忙しいんやからあんま足止めさせんなや」

午後になり、ようやく本腰を入れて人探しを始める。

余計なことで足を止められないよう、巫女装束ではなく普通の着物に着替えてもらった。最初のうちはそれで誤魔化せていたのだが、すれ違う一人が東菊の顔を覚えていたらしく、あれよあれよと人だかりができてしまった。

結局昨日と同じように、癒しを求め人々は東菊へと群がる。

平吉は嫌悪を隠さず、彼等を乱雑かつ適当に追っ払っていく。我先にと癒しを求める民衆もそれを受け入れる巫女もひどく薄気味が悪い。恨みがましい目で見られたとしても気にすることはない。他人の与える癒しへ縋《すが》る彼等が、平吉には醜悪に思えてならなかった。

「ありがとう」

「ま、一応、依頼受けたんやしな」

集まる人々を散らして四条通を歩く。名も顔も知らない者を探す手段は思い付かなかったため、取りあえず東菊が何かを思い出すまではあてどなく歩こうと考えていた。

大雑把な探索ではやはり探し人も見つからない。既に一刻歩き回ったが、ただ足を棒にしただけだった。

「宇津木さん、少し待ってもらっていいかな」

見るからに疲労困憊《こんぱい》といった様子の東菊には、巫女の威厳など既に欠片もない。高位の鬼とはいえそんなに体力があるわけでもないらしい。

「情けないなぁ、高位の鬼なんやろ？」

「それ以前に女です」

いじけたような反論に平吉は吹き出した。

実際、結構な距離を歩いた。平吉に疲れはないがここらで休憩してもいいだろう。休めるところを探そうと辺りを歩きながら見回せば、視線が止まった。

四条通に面した神社から年老いた男が出てきて、目の前を通り過ぎようとしている。よたよたと歩く彼が妙に気になった。

「どうしたの？」

東菊に声を掛けられて、そこでようやく思い出す。

あれは昨日言い争っていた男だ。さして特徴のない平々凡々とした老人を覚えていたのは、巫女に癒しを求めなかったからだ。多くの民衆が花の蜜に群がる虫のように癒しを求めるなか、あの老人だけがそれを嫌った。

「確か。あぁ、太助《たすけ》、やったか？」

意識せずに言葉が零《こぼ》れた。

老人が顔を上げる。慌てても後の祭りで、老人は訝《いぶか》しげな眼でこちらを見ている。

「はて、どこかでお会いしたことが？」

力のない、どこか冷たい目だった。鬼の相手をするよりも緊張してしまう。愛想笑いを浮かべて、平吉は弁明を口にする。

「いやいや。昨日、喧嘩してはるとこ見てしもただけです。なんや、すんまへんなぁ」

「そうでしたか。みっともないところを見られたようで」

表情を和らげて疲れたような笑みを浮かべた老人は、今度は東菊の方に向き直る。

「そちらは、巫女様ですか」

口調は変わらないが、好意的でないことは容易に知れた。記憶の消去が癒しの正体ならば、彼女に接触していない太助は問題なく覚えているのだろう。東菊を見る彼の目は路傍の小石を見るそれだ。彼女の存在に、まったく興味のない様子だった。

「はい」

いつの間にか澄ました顔の東菊が立っている。太助の態度に変化はなく、やはりどうでもいいことのように視線を切った。

「あんたも珍しいな。癒しの巫女相手にそんな態度て」

この老人は東菊を煩わしく思っている。彼女のことを崇める人々を幾度も見た後では、それが不思議だった。

「貴方の言う癒しには興味もありません。癒しを与えられた者の末路も知っておりますので」

東菊がぴくりと眉を動かした。表面上は冷静に振る舞っているが、動揺しているのは明らかだった。

「末路って、えらい言いようやな。なんや変なことにでもなったんか？　死んだとか、病気になったとか」

癒しの巫女の能力については、まだ完全には把握できていない。情報はできる限り引き出しておきたかった。

「いいえ。今も健やかに、心安らかに暮らしております。それはもう幸せそうに」

「ええことやんか」

「そうですね。故に癒しの巫女というお方を好ましくは見られません。貴女がいなければ」

睨《にら》み付けるように太助は言う。

「逆さの小路が蘇《よみがえ》ることもなかったでしょうから」

思いがけない指摘に東菊は動揺しているようだった。それは平吉も同じで、意外なところで聞く怪異の名に佇《たたず》まいを改める。

「逆さの、小路？　あれか、内容を知ったら死ぬゆうやつ」

「若いのによくご存じで。そういえば、先程も逆さの小路を調べに来たという方に会いましたよ」

甚夜は今日、逆さの小路を調べると言っていた。太助のいう人物はおそらく彼だろう。妙なところで話が繋がるものだ。

「あんた、なんか知ってはるんか」

声がわずかに硬くなる。老翁はやはりどうでもいいことのように返した。

「はい、若い頃からある話ですので」

「せやけど、あんたは死んでへんやんか」

「当たり前ですよ。逆さの小路など、初めからないのですから」

蘇ると表現しながら存在を否定し、若い頃からある話だとも語る。戸惑う平吉を見る太助の目には感情の色がない。

「もしよろしければ、逆さの小路についてお教えしましょう」

最後まで投げやりな態度を崩さず、太助は自嘲するように目を伏せた。

◇

白雪と入れ替わるように現れた元治の気安い態度に甚夜は戸惑う。怪異が引き起こした邂逅《かいこう》ならば決して油断はできない。化かすのは、あやかしの常道だ。

「元治さん。生きて、いるのか」

だというのに動揺よりも喜びが勝つ。元治は先代の巫女守にして剣の師でもあった。甚夜にとっては、誰よりも憧れた目指すべき標《しるべ》だ。

「おいおい息子よ、何言ってんだ。見ての通りだよ」

血の繋がりはなくても元治は父親であってくれた。それを嬉しいと思いながらも素直に受け取れなかったのは、彼の死に様を知っているせいだ。

元治は自分達を守るために、身命を賭《と》して強大な鬼に戦いを挑んだ。その最期を見事だとは思ったが、本音を言えば生きていて欲しかった。

「白雪に会いに行くんだろ？　終わったら家に戻って来いよ、磯辺餅焼いてやるから」

帯刀はしておらず攻撃してくる様子もない。ただの世間話といった調子で話し掛けてくる。様子を窺う甚夜に対して優しく苦笑するところも、記憶の通りの義父だ。

元治が指で示した道は、あの小高い丘に続いている。ただし彼は言葉に反して邪魔するように立ち塞がっていた。

「何故、貴方がここにいる」

懐かしさに足をひかれそうになっても唇を噛み締めて耐える。正体を探るためにあえて冷たく問い詰めた。

「行きたくなかったからじゃないか？」

意図を探ろうにも返答は想像以上に軽く、うまく掴めない。

「ここから先に進めば、お前は選ばなくちゃならない。だからここで立ち止まりたかった」

剣よりも鋭い刃を突き立てられた。

元治の指摘は紛れもない事実だ。本当は後悔していた。共にあろうと誓った妹に、心底惚《ほ》れた女。見捨ててしまった実父、もしかしたら妹になっていたかもしれない女。多くのものを守れず失ってきた。この先に進めば苦難の道の始まりに辿り着いてしまう。小高い丘では、白雪との決定的な別れが待っているのだ。

「ああ、それとも選びたかったのか。もしも白雪の手を取っていたら、今は変わっていたかもしれないと。ま、親としてはあいつと一緒になってくれたなら嬉しかったけどな」

怪異による邂逅だと頭では理解していた。それでも目の前に、もう届かないと諦めていた過去が転がっている。手を伸ばせば届いてしまう、その事実に口が乾き唇が震えた。

「はは、そうなりゃ俺はお前の本当の親父だな」

幼い頃、元治に剣の稽古をつけてもらっていた。集落一の剣豪だった彼には最後まで一太刀も浴びせられなかった。負けるのはいつものことだが、その度に白雪が慰めてくれた。稽古が終われば遊びに出かける。その頃には寝坊助な妹も起きて、今日は何して遊ぼうかなんて言いながら無邪気に駆け回る。

あの頃、確かに甚夜は満たされていた。なのに、ぶちりと首のちぎれる音をまだ覚えている。抱きしめた白雪の死骸、その重さも手触りも思い出せる。

「家では鈴音だって待っている。団欒《だんらん》を楽しむのも悪かない」

もしもあの丘で白雪の手を取っていたなら、鈴音が彼女を殺す理由はなく甚夜が鬼となることもない。役目を捨てて逃げる道を選べば、白雪と夫婦として暮らせたかもしれない。そこに鈴音や元治もいるのならばどれだけ幸せだろうか。

抗《あらが》いがたい誘惑だ。心の柔らかい部分をしっかりと握られている。

「貴方が怪異の正体か」

投げ掛けた問いに、元治が寂しげに目を細めた。

「いいや。この先にあるのはお前の傷、見て見ぬふりをしてきた追憶の情景。なら俺は、かさぶたがせいぜいかね」

朗らかで屈強な男だと思っていた元治が、どこか頼りなく見える。いつかの面影は触れただけで消えてしまいそうだ。

「だって、そうだろう？　お前は何よりもあの景色を忌避していた。やり直せるならばと考えてしまうくせに、見なくて済むのなら目を塞いでいたかった」

責めるような辛辣さはない。元治は慰めるように隠していた本心を暴いていく。

甚夜は自分でも驚くくらい素直に心情を吐露していた。

「……そう、かもしれません」

この怪異に囚《とら》われ、うまくやれば別の今を得られるのではないかと考えた。それなのに、やり直す機会を前にしても足が竦《すく》むくらいにあの場所を恐れていた。

理由は別れを嫌ったからではなかった。

「蕎麦を打てるようになりました」

力のない声は、まるで懺悔《ざんげ》をするようだ。

「結構な人気で常連客もいくらかいます。それに花の名、根付《ねつけ》や骨董にも詳しくなりました。今は機会もありませんが、おしめも替えられます。元治さんの言葉は真実だった。剣を振るうしか能のなかった私が、ここまで変わりました」

思い返せば笑い話だが、当時は全てが悪戦苦闘だった。花の名前を意識したのは初めてで中々頭に入らなかった。焦がした料理も割った皿も数えきれない。おしめをうまく替えられず友人の妻に教えを乞うた。どれもこれも甚太にとっては価値のなかったものだが、積み重ねた余分こそが甚夜を形作った。

「始まりを間違え、道行きも憎しみに塗《まみ》れた。それでも悪くはなかったのだと胸を張れます」

それは紛れもない本心であり、しかし引っかかるものがあった。

「ですが思うのです。あの間違いがあってこその今だというのなら、叶わなかった願いにはなんの価値もなかったのではないかと」

何十年と歳月が流れて白雪の声も顔も忘れてしまったとしても、あの頃の熱情は胸に残り続けている。あれほど強く鮮やかな恋慕は二度と抱けないだろうと今でも思っている。しかし、葛野を離れてからの日々も苦難だけではなかった。

花の名を教えてくれたおふうや生き方を諭してくれた店主。友として傍らにいてくれた直次《なおつぐ》や染吾郎《そめごろう》。野茉莉を託してくれた夕凪《ゆうなぎ》との逢瀬に、我を張り合った土浦《つちうら》との戦いさえ忘れたことはない。数え上げればきりがない、結んだ縁が甚夜を支えてきてくれた。そうやって多くを拾ってきた代わりに、昔を振り返ることは少なくなった。

当たり前だと納得しながらも、時折ひどく恐ろしくなる。甚夜が得た幸福を尊ぶほどに、甚太の望んだ白雪と結ばれる結末が貶《おとし》められているように感じられた。

「選べなかった道と得られた幸福に、私は何かを見失ってしまった」

現在と過去を比べて値踏みするような卑しい嘆きだ、誰にも聞かせられなかった。黒い影はそこに憑《と》りついたのかもしれない。

「なら望みを確かめればいい。失くしたものはいつだって取り戻せるさ」

内心を見透かすように元治が道を開ける。

「しら、ゆき？」

その先には消えたはずの白雪がいた。離れた場所でこちらを見つめる彼女は手を差し伸べて待っている。

「さあ、行きましょう」

能面のような表情は記憶の白雪とは重ならないが、同時に彼女そのものだという確信もあった。あの手を取れば無残な終わりを避けられるだろうか。あり得ないと思いながらも、正常な判断ができなくなってきている。

「私は……」

彼女の手を取れば楽になる。迷いなく白雪こそが全てだと断言できた頃の自分に戻れるのかもしれない。傍らにいる元治もそうなることを望んでくれている。だから甚夜は、甚太は手を伸ばそうとした。

――これからも、家族でいてくれますか？

けれど、すんでのところで夕凪の空の眩しさに目が眩《くら》んだ。

「どう、したの？」

止まってしまった手を、白雪は感情のない目で見ていた。

その冷たさが彼女の死に際を思い起こさせる。今ならまだ生きている。手を取った先に広がる景色は、今とは趣こそ違うが素晴らしいものになるのだろう。

「おそらく、何を選ぼうと関係がない。お前が出てきてしまった時点で私は迷いに囚われているのだろう」

甚夜はおぼろげながら、この奇妙な現象の正体を理解する。白雪も元治も本質は同じだ。あれは惑わす幻影ではなく、既に迷っているからこそ現れた。思い出を尊びながらも忌避する弱い心が怪異に囚われてしまったのだ。

「そこを付け込まれたか。老いると疑い深くなって困るな、素直に騙されてもやれない」

斬ったところで逃れられない。きっかけが黒い影にあったとしても、この葛野の集落や出会った人物はすべて甚夜の内から零れ出したものだ。だから退けるのではなく、受け止めなくてはならない。

「ただ、もしも気付かなかったとしても、その手は取らなかった」

薄れたとしても恋慕は消えない。純粋に心を傾けられた自分を思い出せるなら、幸せにだってなれるはずだ。

「迷いはあったが戻りたいと願う心も真実だ。お前や元治さん、夜風《よかぜ》さんに鈴音とも。憎しみもなく共に暮らせたらと、今だってそう思っている」

しかしここで手を取ってしまえば嘘になる。歯を食い縛って進んできた道程を、その途中で拾ってきた大切なものを取るに足らないと踏み躙《にじ》るに等しい。そうやって現在にこだわることで白雪を遠く感じるようにもなってしまった。かつての熱が思い出に変わることが寂しく、どうしようもなく恐ろしかった。

「あれから多くを積み重ねてきた。その度に余分を背負っては濁り、今では余分さえも尊く思えるようになったよ。そのせいで薄れていく想いもあると知ってしまったが、もう私は甚太ではいられない」

だとしても互いに信じたあり方を大切に想うなら、意地を張らなくてはいけない。長く生き過ぎたせいで唯一を掲げることは難しくなってしまったが、白雪がいない現実を思えば未だに胸が軋《きし》む。その痛みを価値のあるものに変えるために、何より甚夜に寄り添おうとしてくれた人々に報いるためにきっぱりと言い切る。

「すまない。過去に手を伸ばして、今を取りこぼすような真似はしたくないんだ」

心穏やかに愛しい人の面影を捨ててしまえる。そんな変わってしまった自分を惨めに思うが、少しだけ誇らしくもある。

白雪は何も言わなかった。甚夜の答えに何を思ったのかは分からず、想像するだけの時間もなかった。

「これは……」

急速に景色から色が失われていく。

輪郭が曖昧になり、形を保てずに淀んでいく。その中で白雪だけがやけにはっきりと見えた。しかしそれも束の間、彼女の姿も段々と薄れていく。

とん、と肩に手を置かれた。

元治が言葉もなく頷く。すると肩に乗った手の重さが消え、やはり彼の存在も希薄になる。

迷いを振り切ったのではない。優先するべきは何かを決めただけだ。それでも怪異を祓《はら》う力にはなったらしい。引き出した記憶によって構成された集落が、核を失い崩れようとしている。

不可思議な出来事に翻弄されたが、この現象の正体は簡素な一言で片付くのだろう。

「未練、だな」

結局あれらは選べなかった道への未練でしかなかった。白雪や元治も化生《けしょう》ではなく、甚夜の抱えてきた感情が懐かしい人の衣を被っていたに過ぎない。色々なものを増やしたせいで取り出す機会の減ってしまった思い出が、恨めしいと化けて出たのだ。

いい加減割り切ればいいだろうに、いつまで経っても情けない男だと自嘲する。とはいえ彼女達と再び出会えて嬉しかった。満たされた今に浸っても、あの頃を愛おしく思う気持ちがまだ残っているのだと改めて知る。

どうやら限界のようだ。薄まった景色にひびが入り始めた。

甚夜は最後に一言だけ、誰に聞かせるでもなくぽつりと呟く。

そうして甚夜は静かに目を閉じて終わりを受け入れ——

ぱちんと。
みなわのひびははじけてきえた。

5

いつかのような、えみをうかべて。
たまゆらのひび、なごりをおしむように——わたしは、あなたとあるく。

逆さの小路はあまりにも恐ろし過ぎる怪談。聞いた者は恐怖から身震いが止まらず、三日と経たずに死んでしまう。この怪異に見舞われた初めの者は発狂して命を落とし、それを見ていた者達も恐ろしさのあまり人に乞われても語らぬまま寿命を迎えてこの世を去った。そうして知るものは皆死んでしまい、今に伝わるのは逆さの小路という名称と、それが無類の恐ろしい話であったということだけである。

しかし目の前の老翁、太助はそれを知っているという。

「なんなら、場所もお教えしましょうか」

彼は逆さの小路までの道順を細かく教えてくれた。

本来ならば調べる必要はなかったが、ちょうど甚夜が調べているところだ。普段は刺々《とげとげ》しい態度を取ってしまうことも多いが世話になっているのは事実だし、それなりに感謝もしている。ここらで多少でも借りを返しておくのも悪くない。

「太助さん、あんたは逆さの小路を知ってはるんやんな?」

「一応は。私がそれを耳にしたのは四十年以上前ですが」

「せやのに、逆さの小路はないって？」

「ええ、存在しません」

元々考えるのは得意ではなくこういった怪異の経験も乏しい平吉では、大した予測も立てられない。

「ほんなら、場所を教えてくれはらへんか？　俺にはあんたの言うてはることが理解できひん。行きずりの俺に、そないなこと話してくれはる理由も含めてな」

そもそも太助には詳細を教えてやる義理などないはずだ。だというのに積極的に情報を与えようとしている。彼の真意が読めないし、正直に言えば疑わしい。

「理由ですか。それが私の役目だからでしょう。納得できなければ恨み言とでもしましょうか」

返ってきた答えもまた、平吉には理解できないものだった。

「はあ？」

「逆さの小路を蘇らせた巫女様に対する恨み言です。貴方に話したのは、ただの八つ当たりだと思っていただければ。それでは、私はこれで」

止める間もなく太助は去っていく。その場に残された二人は立ち尽くすしかなかった。

「ほんまに、意味分からへん」

ぼやきつつ東菊の方を見れば、何故か目を伏せてうな垂れている。

「どないした？」

「ん、別に」

返ってきたのは優しげな笑みだ。平吉にはその内心を読み取れない。先程疲れたと言っていたし、そのせいだろうと考えた。

「なら、ええけど。ところで逆さの小路を蘇らせたって、ほんま？」

「そんなわけないでしょう？　そもそも初めて聞く話だよ」

「そうか。せやったら、あの爺様は何が言いたかったんやろな」

頭を悩ませるが、そういうのは性に合わないと中断する。

せっかく場所を聞いたのだ、あれこれ考えるよりも直に見る方がよほど早い。

「おっし、悪い東菊。ちょっと離れるから、ここらで休んどいてくれへんか」

ぱんっと両手で自身の頬を叩き、気合いを入れ直す。やはりぐだぐだ考えるよりも行動する方が性に合っている。一度調べようと決めたら、迷いはさっぱりとなくなっていた。

「どうしたの急に？」

「そない大したことちゃうねんけど、知り合いが逆さの小路について調べてんねん。せやし、ここらでちょっと貸しの一つでも作ったろかな、と思って」

「そっか、その人のお手伝いがしたいの？」

「お前、人の話なんも聞いてへんやろ」

そのくせ良い所をついてくるから性質《たち》が悪い。

素直に認めるのも癪《しゃく》で顔を顰《しか》めてみせる。もっとも内心を見透かされているようで、まるで幼子を見るような目を向けられてしまった。

「照れなくてもいいのに。私も一緒に行くね。癒しの巫女のせいと言われたら気になるし」

「いや、一応護衛してるんやし、危ないとこには近付いてほしないんやけどなぁ」

「大丈夫。何かあっても宇津木さんがいるしね。それに護衛なら離れる方が駄目でしょう？」

言われてみればそうだし、そもそも東菊は誰かに狙われているというわけでもない。手早く終わらせて帰ってくれば問題ないだろう。

「それもそうやな。ほな、ちゃっちゃと行ってこよか」

「早く終わらせて甘いものでも食べに行こうか」

「まだ食うんかいな」

呆れた平吉が肩を落とし、東菊が朗らかに笑う。

太助に教えられた場所はここからそう遠くない。四条通、寺社仏閣が立ち並ぶ区域からわずかに外れた小路だ。

気を引き締めると共に腕にある念珠《ねんじゅ》を確認し、二人は逆さの小路へと向かうことにした。

◆

ぱちん、と景色が変わる。

不意に訪れた目覚め。甘やかな幻想は消え去り、気付けばうらぶれた小路に佇む。

夢の名残も、彼女の笑みも見えない。当たり前の感覚が何故か寂しくて、甚夜は小さく息を吐いた。

『旦那様、お気を確かに』

女の声がすぐ近く、携えた太刀から聞こえてくる。腰には夜来《やらい》と夜刀守兼臣《やとのもりかねおみ》がある。左手をぐっと握り締めれば、異形の腕に宿った力を感じられた。

「聞こえている、そう心配するな」

少し遅れた呟きに、兼臣が驚きと喜びの混じり合った声で応える。

『気付かれたのですか』

「ああ。私はどれくらい意識を失っていた」

『冬の四半刻程も経ってはおりません』

「そうか」

鋭く前を見据えれば、二間先に黒い影がゆらゆらと揺れている。改めて見ればそいつには見覚えがあった。

『来ます』

影が再び襲い掛かるも今度は遅い。距離があれば十分に対応できる。夜刀守兼臣を鞘《さや》から抜き去ると同時に〈飛刃〉を放つ。

距離を詰める前に影は上下に分かれた。さらに一歩を踏み込み、上段に構えた夜来を唐竹《からたけ》に振り下ろす。十字に斬り裂かれた影は断末魔もなく霧散した。

手応えはなく、煙か霞《かすみ》を斬ったかのようだ。元々あの影は実体のない怪異なのだろう。

構え直して辺りを警戒する。二手目が来ないのを確認してから刀を鞘に戻した。

『お見事。ですが、あの影はなんだったのでしょうか？』

影が消えたせいか小路の雰囲気が変わった。風が吹けば葉擦れが鳴り、木漏れ日が目に届く。わずかながら空気が軽くなったような気がした。

「おそらく、鬼になりきれなかった負の念だろう。肉を持つには拙《つたな》いが、人を惑わす。定型を持たず、いかようにも姿を変える報われなかった心だ」

昔、直次や夜鷹《よたか》が似たような怪異に襲われた。ただ今回は多少趣が違い、特性がより深くなっていた。肉を持たないが鏡のように未練を映し出す怪異。あれの見せる幻は、掛け値のない真実だ。だから先程の情景は、正しく甚夜自身の未練に過ぎなかった。

「もっとも、以前見たものは姿を変えるだけ。憑《たた》り殺すような真似はしなかったがな」

依頼主は逆さの小路に入った友人が死んだと言っていた。原因があの影だとすれば、手を取ればそのまま目覚めなかったのだろう。

『つまり、それが逆さの小路の正体ですか』

「いいや、違う」

影は負の念を映し出して死に至らしめる、極めて真っ当な怪異だ。対応を間違えなければ生き残れるわけで、聞いただけで死ぬ怪談の原因にはなり得ない。つまり先ほどの影と噂になった逆さの小路には、そもそも繋がりなどないのだ。

「本当は、逆さの小路なぞなかったのかもしれん」

『え？』

仮説はあっても確信へと変えるには情報が足りない。真相を暴くには、まず裏をとる必要があるだろう。

「少し調べたい。付き合ってもらうぞ」

『勿論《もちろん》です、旦那様』

背にした路地に後ろ髪を引かれるが振り返りはしない。幻影だとしても再会できたのなら、みっともない姿は見られたくなかった。

甚夜は迷いなくその場を後にする。

気分はそれほど悪くなかった。

翌日の早朝、甚夜は再び四条通を訪れた。

「おや、貴方は」

向かった先は木々に囲われた小さな神社、その境内に太助は一人佇んでいた。聞けば彼は毎朝この神社へ参拝に来るらしい。

「どうも」

「確か、葛野さん、でしたか」

太助の佇まいは世捨て人を思わせる。こちらに気付いていてもどこか投げやりな態度は変わらなかった。

「突然の訪問、申し訳ありません。太助殿に話を伺いたいのですが」

「話ですか」

「逆さの小路について、です」

太助がぴくりと頬の筋肉を強張《こわば》らせた。最初に出会った時は甚夜も状況が分からず問い詰めなかったが、どうやらこの老翁は初めから全てを知っていたらしい。

「あれから多少調べましたが、人を死に至らしめる怪異は存在していた。しかし噂に語られる内容とは繋がらなかった。貴方は知っているのではないでしょうか、聞くだけで命を落とすという逆さの小路の真実を」

「何故、そう思うのですか」

「噂を知る者は口々に言います。逆さの小路という名前は知っているが、その内容は知らないと。だが、貴方だけはないと断定した。存在の有無を語るには詳細を知らねばできないでしょう」

境内は風の音がはっきり聞こえる程に静まり返っていた。太助が真実を知っているというのは、実のところ単なる当て推量だ。とぼけられたらそこでおしまい。しかし太助は不躾《ぶしつけ》な問いにも素直に応えてくれた。

「昔、天保《てんぽう》の頃でしたか。貴方の歳では知らぬでしょうが、それはひどい飢饉がありましてな」

語られた内容は見当外れに思える。しかしその眼は真剣で、誤魔化そうとしているわけではないのが分かった。

「陸奥国《むつのくに》や出羽国《でわのくに》を中心として始まった大飢饉ですね」

「ほう、お若いのによくご存じで」

そもそも甚夜はその頃から生きている。実際に体験しているのだから知っていて当然だった。

「食べるものもない。疫病も流行《はや》る。京でも、それはもう多くの人が息絶えましたよ」

過去の惨状を語る老翁は疲れたような表情をしている。

「あんまりにも人が死ぬと、言葉は悪いですがその処理、弔うのも手間がかかりましてな。初めの内は一つ一つ丁寧にしていたのですが、数が多くなれば身寄りのない者の骸《むくろ》は次第に後回しになりました。そうすると今度は置き場所に困る。だから人目のつかぬ小路へと一時的に放り込んでいたのです」

おどろおどろしい内容を語りながらも抑揚はなく、感慨など欠片も感じさせない。思い出したくないのか、皺《しわ》の刻まれた顔が悲しそうに歪んだ。

「いくつも骸を積み上げ、するとどうでしょう。ある日、骸がいやに荒らされている。野犬でも来たかと思いましたが、その様子もない。そういったことが何度も続くとさすがに気味が悪くなりましてな」

太助は自嘲するように息を吐く。

「調べれば理由はすぐに分かりましたよ。骸を食う者がおったのです」

絞り出した一言に力を奪われたのか。肩を落として俯く彼は、さらに老いが深まったように見えた。

「それは、鬼でしょうか？」

「いいえ。物を食わぬと体だけでなく心も痩せ細るものなのですなぁ。骸を食っていたのは人でした。あまりにも腹が減り過ぎて、親を亡くした子供が死肉でも食えればいいとたかっておった」

　飢饉の恐ろしさは知っている。食うものもなく野垂れ死ぬ子供やわずかな食料を奪い合う大人。食べられないというのは、想像以上に人の心を追い詰める。飢餓が極限に達すればそれくらいはやると納得してしまった。

「止められませんでした。儂《わし》も腹を減らした子供だった。だから、止められません。次第にそこは逆さの小路などと呼ばれるようになりました」

　同じ穴の貉《むじな》ならば止められるはずもなく、彼は懺悔するように言葉を続ける。

「呼び方に意味などなかったのです。怪談らしい名称であればよかった。あまりにも恐ろしい話があるから近寄ってはならない。そこで見たことを語れば呪われる。そういう噂が流れれば、誰も近付かなくなりますから」

　老翁は逆さの小路など存在しないと言う。当たり前だ、元々それはただの作話だったのだ。人を遠ざけるにはなるべく恐ろしい方が好ましく、話が明確だとそれを確かめようという者が出てくる。結果、作られたのは聞くだけで死ぬという不明瞭な怪談。骸を安心して食べられるようにそれは流布された。

　だから逆さの小路。目を覆うほどの醜悪さを隠すために生まれた、順番が逆さまになった形だけの怖い話だ。

「ですが、それは四十年以上前の話のはず。今になって何故噂が流れたのでしょうか」

「忘れようとしたからでしょう」

今までの疲れた表情から一転、太助は悔しそうに唇を噛む。

「人は楽になりたがるもの、与えられる癒しに縋ったとて責めるのは酷だ。多くの者は罪の重さから逃げて、人を食った過去を忘れたかったのです。辛い記憶を忘れられたなら確かに幸せでしょうな」

それを弱さと責めることはできない。辛い記憶を忘れたくて、都合のいいように置き換える。多くの者が人を食った過去などなかったことにして、いつしかそちらの方が真実になってしまった。だから誰に聞いても逆さの小路の内容は不明瞭だった。知らないのではなく忘れたかったからだ。

「ただ、忘れられない者もおりました。結果言葉だけが広がった。誰か一人が口にすれば、知っていると騒ぎ立てる。そうして噂は蔓延《まんえん》し……ついには、存在しなかったはずの逆さの小路が生まれました」

全てを諦めたような笑みで太助は呻《うめ》く。

「現世とは奇怪なものですなぁ。刻まれた罪過が消え去り、存在しなかったはずの怪異がまことになる。何が本当で何が嘘か、時折分からなくなります」

そこまで聞いて、甚夜はあの影の正体を理解する。あれは行き場を失くしてしまった負の念の群れだ。辛い過去を忘れたい、罪から逃れたい。単に興味を持っただけの者もいたかもしれない。

統一された願望ではなく、不明瞭な噂だからこそ様々な感情がそこに集まる。

　形はどうあれ、多くの者が自身の罪を預ける場所として逆さの小路の実存を望んだ。そして何かのきっかけで、本当に怪異が生まれてしまった。

　郷愁を呼び覚ます幻覚を見せる黒い影。忘れ去られた記憶は過去を映し出す鏡となって、見て見ぬふりをしてきた未練を突き付け、そこから抜け出せなかった者を死に至らしめる。

　逆さの小路は、ここに真実となったのだ。

「すみません。長々と語ってしまいましたな」

「いえ、ありがとうございます。ようやく納得がいきました」

「それは何より。では、そろそろ行かせていただきます」

　甚夜の横を通り過ぎて鳥居へと向かう年老いた小男の足取りは頼りない。小さな背中がやけに寂しそうで、思わず声を掛ける。

「太助殿」

「まだ何か」

「誰もが逆さの小路を忘れたかったというのなら、何故貴方は忘れようとしなかったのですか？その方が楽になれたでしょうに」

　そんなことか、と鼻で嗤《わら》い太助は答える。

「忘れてはいけないからでしょう」

　初めての力強い言葉だった。

「どれだけ歳月が流れても、新しい時代が訪れたとしても、忘れてはいけないものはあると思います。同じように、捨てられないものも」

背中越しでは表情は見えない。同じく彼がどのような道を歩んできたかも甚夜には理解できないが、太助の歩みがひどく重々しく感じられる。

「問われれば、いつなりとも真実を語りましょう。今も覚えています、喉を通る肉の感触を。それを忘れずにいることが、私にできる唯一の償いですから」

それだけ残し、今度こそ太助は神社を去った。

人を食った記憶はいつまでも彼を苛《さいな》む。しかし太助はそれを忘れていくことを良しとしなかった。そうと決めたから、そこから外れるような真似はできなかった。

「人の身でありながら、あれもまた一個の鬼か」

おそらくは人を食ったその時から、太助は人でありながら鬼だった。これからも鬼として生きていく。それが彼の選んだ道なのだろう。

影を討ち払いはしたが、怪異を解き明かしたわけではない。影が行き場を失くした想いの塊ならば、その全てを消し去るなど甚夜には不可能だ。過去の陰惨な記憶を隠して、逆さの小路という怪談はこれからも語り継がれていく。それこそが太助の願いだったのかもしれない。

「お？」

しばらくすると、入れ替わるように見知った顔が神社へ訪れた。

「宇津木」

「あんたか。なあ、ここに爺さんおらへんかった？　毎日来てるって話聞いたんやけど」

「太助殿のことならもう行ったが」

「へ？」

　その返答が意外だったのか、平吉は呆《ほう》けたようにぽかんと口を開いた。

　話を聞いてみると、どうやら彼も逆さの小路について調べていたらしい。実際に足を運んだが怪異には出くわさなかったらしく、太助に詳細を確認しようとここへ来たということだった。

「なんや、そしたらあんたも知ってたんか。逆さの小路なんかあらへんて」

「いいや、怪異自体は存在していた」

「ほんまか？」

「当面は大丈夫だと思うが、解決とも言い難い。あそこには近付かない方がいい」

　架空の怪談ではなく現実の脅威として言い含める。過去については教えなかった。あまり気持ちのいい話ではないし、真実を語る太助の役目を奪うのも気が引けた。

「そうか。こっちはまだまだかかりそうやな」

「癒しの巫女の依頼は厄介か？」

「まあなぁ。誰かも分からへん相手を探せやなんて。正直、どうしたらええんかもよう分からへんわ。ま、俺なりにやってみるわ」

　難航はしているようだが諦める気もないらしい。鬼嫌いを公言する平吉がそこまでする。出会ってから数日で随分と気に入ったようだ。

「お前がそこまで鬼に肩入れするとはな」

「あんたがそれ言うか？」

自分だって鬼だろうに、と目で訴えている。それもそうだと肩を竦めれば、仕方がないとでも言うように平吉は小さく息を吐いて不敵な笑みを浮かべる。

「今さら鬼やからどうこうなんて言う気あらへんわ。あんたが教えてくれたことやろ」

平吉はこういう顔ができる男に成長した。その一端を担えたのかと思えば少しくすぐったくもなる。

「そうか。一度店に連れて来るといい」

「いやや。野茉莉さんに誤解されたらかなんわ」

彼が娘に懸想《けそう》しているのは知っていたが、返答の速度に思わず溜息が零れる。

「それを本人の前で言えればいいのだがな」

「言えるかっ⁉」

「親の前で言うのも大概だと思うが。まあいい、私は行くがお前は」

「東菊んとこ行くわ」

本当に入れ込んでいるらしい。短い挨拶を残し、平吉の横を通り過ぎる。境内には涼やかな空気が流れ、ざあと木々を鳴らした。

そのまま鳥居の方へ向かい、思い立って首だけで振り返る。

「ああ、女二人を弄《もてあそ》ぶような真似はするなよ。肉塊になりたいのなら別だが」

「洒落《しゃれ》にならんこと言わんといて⁉」

甚夜の腕力で殴られたら文字通り肉塊になるだろう。嫌な想像をしてしまったらしい。慌てる平吉の叫び声を聞きながら、甚夜は今度こそ去った。

「ったく、あいつは。せやけど婿として認められてるっちゅうことか？　いやいや」

残された平吉はぶつぶつと独り言を呟いている。

逆さの小路の件が片付いた以上、ここにいる意味もない。両手で挟み込むように自身の頬を叩き、気を取り直して前を見据える。

「おっしゃ。気合い入った」

そうして平吉も自分の依頼に戻った。

逆さの小路と癒しの巫女。二つの事件は根幹を同じくしながら、甚夜も平吉もそのことに気付かないまま終わりを迎えた。


『鬼《おに》そば』へ戻った甚夜を迎えたのは、満面の笑みの野茉莉だった。

「留守中何もなかったか」

「いつまでも過保護なんだから。もう歳も変わらないのに」

「それでも心配するのが親というものだ」

宥《なだ》めるように頭を撫でると野茉莉が目を細める。

外に出ている間にあらかた店の準備も済ませてくれたようだ。いつまでも幼子ではなく、こちらが助けられる場面も増えてきた。

「あと数年もしたら私が甘やかすからね」

「ああ、楽しみにしていよう」

その提案もただの冗談では終わらない。複雑な心境で甚夜は娘の優しさを受け取った。

昼時を迎えた鬼そばは盛況だ。目まぐるしく客が入れ替わり、甚夜もひっきりなしにそばを作り続ける。そのため染吾郎は店が落ち着いてから来ることが多い。

「きつね一丁」

「お、悪いなあ」

丼を受け取った染吾郎が、朗らかな笑みを返す。蕎麦を啜《すす》りながら話す内容は彼の可愛い弟子についてである。

「平吉、うまいことやってる？」

「腕は上がってきているし、依頼もそれなりにこなしているようだ。今はちと手こずっているらしいがな」

「そうか」

師匠として弟子が自分で受けた依頼に口を出すような真似はしたくないが、心配なのは変わらないらしい。平吉に知られないよう探りに来るのも、今回が初めてではなかった。

「もう少し信用してやれ、と言いたいところだが」

「君も似たようなもんやろ」

「違いない」

心配するなと言っても心配してしまうのが師匠であり親だ。野茉莉に関しては立場が逆になるため、ままならぬと互いに小さく笑う。

「成長してるって分かってるんやけどなぁ。師匠ってのは厄介やね。なあ、おとうはん？」

「からかうな」

染吾郎は視線をわずかに逸《そ》らし、少しだけ寂しそうに呟いた。

「せやけど、もう一年二年もしたら、ほんまに僕の手は必要なくなるんやろなぁ」

それは甚夜もまた思っていた。

本当は野茉莉も、いつまでも父親の下にいてはいけない。あの娘はもう父の手など必要としていないのだろう。

◇

ところ変わって廃寺、東菊の寛《くつろ》いだ態度に平吉は呆れていた。

「もう演技する気はさらさらないんやな」

「そこは信頼しているって受け取ってもらえれば嬉しいかな」

最初に抱いた印象は見事に砕け散ったが、こちらの方が親しみやすいとも思う。平吉は決して彼女が嫌いではなかった。

「はよ、行くで。別に当てがあるわけやないけど」

名も顔も知らない相手を探す。受けた依頼は遅々として進まない。それどころか初手から手詰まりのような気もする。

「大丈夫。その人に会えれば分かる。私はそのために生まれたのだから」

東菊から一瞬だけ感情の色が消え失せたが、瞬きの間に悪意のない緋《ひ》の瞳が戻る。微笑みを柔らかく感じるのに、互いの距離を遠く感じた。

外に出た彼らがまず向かったのは『三橋屋《みはしや》』だった。昼食時で忙しいため、甚夜と顔を合わせる心配もないだろう。

「少し買いすぎたかな」

しこたま野茉莉あんぱんを買った東菊は満足そうにしていた。巫女装束から着物に着替え、髪は後ろでひとまとめにしている。高位の鬼は目の色も誤魔化せるようで、そこまですれば癒しの巫女と気付く者もいなかった。

「外出て一番に菓子屋って。探し人はどないしてん」

平吉は自分へのお土産を抱えて離さない東菊を半目で見る。それを軽く受け流す彼女の笑顔が崩れることはない。

「たまにはいいでしょう、これからは真面目に探そう」

「真面目に探してへんのはお前やけどな」

「辛辣になったね」

「理由が分からんとは言わせへんで」

言葉を交わしながら鬼そばを通り過ぎる。見つかりたくないので自然と早足になった。

「探し人ってどんな奴なんやろな」

「それは、分からない。けれど頭に浮かぶ景色はあるの」

先程までの空気は消え失せ、物憂げな瞳に変わる。唐突な変化に平吉はついていけない。それを相手が鬼女だからとは思いたくなかった。

「多分、その人は私にとって……ううん、ごめんなさい、忘れて」

口にした言葉を濁してなんでもないと誤魔化す彼女は、笑っているのに泣いているように見えた。

「いや」

うまい慰めが思いつかず、短く一言返すのが精一杯だった。

噛み合わないまま平吉達は無言になった。

例えばの話ではあるが、もしも何かの拍子に東菊が鬼そばへ立ち寄っていたなら、もう少し違った未来もあったかもしれない。

しかし、いつかのようにすれ違い彼らは三条通を後にした。

◇

「お母様、結局何がしたかったのですか？」

くたびれた屋敷の一室でしな垂れ、気怠《けだる》げに虚空を眺める母へ向日葵《ひまわり》は問うた。

「東菊のしていることは、町の人の記憶を消して癒しを与えているだけ。お母様の目的にはあまり関係ないように思えますけど」

全ての滅びを願う退廃的な母のあり方からはかけ離れた娘の存在。あれが母のどのような部分を切り取って創り上げられたのか、向日葵にはよく分からなかった。

居座る沈黙を打ち破るように、涼やかな声が響いた。

『東菊には、奪った頭蓋骨を取り込ませた。だから容姿も性質もあの売女と何も変わらない。記憶を失った状態ならば、意味のない滅私に興じるなど初めから分かっていた』

「記憶を失った、ですか？」

『あれは私の娘であることも、その目的も覚えていない。ただし、探し人に出会えたなら思い出す。己が何をするべきか』

虚空を眺める瞳は、悪意に研ぎ澄まされる。けれど隠し切れない愛しさに異様な輝きを孕《はら》んでいた。

『私はただ、見たいだけ。東菊が本懐を遂げた時、あの人が何を選ぶのか』

ゆらり、夜に溶ける。

静かに紡がれた言葉は空気に紛れ、程なくして見えなくなった。

面《おも》影《かげ》、夕《ゆう》間《ま》暮《ぐ》れ

1

明治十六年（１８８３年）五月。

「どうぞ」

「ああ、すまないな」

荒妓《あらぎ》稲荷《いなり》神社に立ち寄った甚夜は、拝殿の階段に腰を下ろして茶を啜《すす》っていた。隣では神主の妻のちよが柔和な表情で彼を眺めている。

温《ぬる》めの茶を喉に流し、茶請けの磯辺餅に手を伸ばす。彼女はこうして顔を見せると、いつも磯辺餅を出してくれた。だからというわけでもないが甚夜は時折荒妓神社を訪れる。一息つきたい時には茶屋よりも居心地がよかった。

「今日はどうされました？」

「顔を見に来ただけだ」

「あまりからかわないでくださいな」

葛野を出た時にはまだ幼かったが、今の彼女は柔和な物腰の似合う老婦人だ。老いることのない身だからこそ、その変化をことさら重く尊く感じる。

「大きくなったなぁ」

「いきなりどうしたんです、甚太にい」

「時が経つのは早いと改めて思わされた。うまく話せなくてまごついていたお前が、こんなにも大きくなるのだから」

くしゃりとちよの頭を撫でる。それが恥ずかしかったのか、彼女は少しだけ目を細めて困ったように頬を緩めた。年老いても残る面影に、変わるものと変わらないものを重ね合わせる。思えば遠くに来たものだと、懐かしい笑顔に遠い故郷を想いながら無造作に立ち上がる。

「馳走になった」

「いいえ。いつでもおいでください」

互いに軽い別れの挨拶を交わし、甚夜は前を見据える。視線の先には、鳥居を背もたれにしてぼんやりと空を見上げる染吾郎が待っていた。

「染吾郎」

「おぉ、もうええの？　ほないこか」

区画整備がきっちりとなされた京の町は、人通りは多くても整然とした印象を受ける。賑わう商家で道は騒がしく、すれ違う人は朗らかに笑う。しかし和やかな心地になれないのは、これから向かう先に怪異の手がかりがあると聞いたためだ。

「懐かしいな。以前もお前とだった」

「ああ、そういえばそうやな。何十年前や」

「さて。数えたことはない」

　染吾郎と共に怪異を追う機会は何度かあったが、今回は重なる部分が多く過去の事件を強く思い起こさせる。

「ま、感傷に浸るんは最後でええやろ。今は目の前のこと片付けよか」

　辿り着いたのは三条通にある、別段変わった所のない酒屋だった。

「おこしやす」

　裕福そうな身なりの、恰幅《かっぷく》のいい男がにこやかに応対する。この男は以前も染吾郎に鬼の討伐を依頼したことがあるそうだ。実際に討伐を買って出たのは平吉だが、師弟ともども懇意にしているらしい。

「これは秋津《あきつ》さん」

「お久しゅう。最近はどないや」

「おかげさまで、なんとかやってます。それで今日はどんな御用でいらしたんですか？」

「いやぁ、最近流行《はや》りの酒があるって聞いたさかいに、こら呑んどかなあかんなぁ思て友人と顔出させてもろたんやわ」

　今回の調査は奇妙な噂を耳にしたことから始まった。京の町では半年ほど前からとある酒の名を聞くようになり、今ではどこの酒屋でも取り扱っているという。

「流行りの酒ですか」

染吾郎はちらりと横目で甚夜を見た。それに頷きで返し、甚夜は硬い声で尋ねる。

「ああ。ゆきのなごり、という酒があると聞いたのだが」

酒屋で情報を仕入れた翌日、甚夜らはたまには一緒に昼飯でもと近場の牛鍋屋に足を運んだ。肉食文化もそれなりに根付いてきたようで、店内はそれなりに賑わっていた。

初期の牛鍋と言えば、角切りの肉を味噌だれで煮込んだものが一般的だった。肉の質が悪く、そうしなければ臭くて食べられたものではなかった。しかし大衆文化として浸透するにつれて肉の質も自然と良くなり、今では醤油や砂糖、出汁《だし》を合わせた割下《わりした》に変化した。この店も後者の味付けであり、それだけ肉の質が良いことを示していた。

「うまっ」

平吉が真っ先に、がつがつと肉を口に放り込む。

「平吉さん、大丈夫ですか。そんなに召し上がって」

「おう。普段はお師匠の好みに合わせてるから、こういうんは中々食えへんくて。つい」

次々と肉を平らげていくその様を見て、野茉莉は目を丸くしている。彼女も味は気に入っているようで、平吉ほどではないが箸は進んでいた。それを眺めながら甚夜と染吾郎は酒をやり、時折思い出したように付け合わせの野菜や漬物をつまんでいる。

「せやけど、ええんか？　ほんまに御馳走になって」

四人での食事を発案したのは甚夜で、支払いも持つことになっている。散々食い倒して少し不安になったのか平吉が遠慮気味に問うた。

「ああ、構わん。子供が遠慮するな」

「俺、けっこうええ歳やけど」

「酒をやらん男など子供で十分だ」

子供扱いが癪《しゃく》に障ったようで、若干平吉の表情が曇った。しかし甚夜はそれには取り合わず野茉莉の酌を受ける。娘が注いでくれたのだから味は格別だ。それを抜きにしても辛口で香りも芳《ほう》醇《じゅん》、悪くないどころかかなり良質な酒だった。

「それは言い過ぎやろ。ま、気持ちは分からんでもないけどな」

染吾郎が苦笑しながらビヤザケを呷《あお》る。だが一口呑んだ途端に、あからさまに顔を顰《しか》めた。舶来の技術を模して造られた酒らしいが、彼には合わなかったようだ。喉越しも苦味も悪くないが総じてたるい。もう少し切れ味のいい方が好みだと愚痴を零《こぼ》している。

「なんやあんた、機嫌悪いんか？」

「そういうつもりはないが」

普段と変わらない態度のつもりだったが、どうも素っ気ない態度になっていたらしい。それを見て染吾郎がにんまりと口を歪《ゆが》めた。

「あはは、平吉。こいつな、君と酒呑みたかったんや。せやけど呑めんいうから拗《す》ねとるだけや」

「うるさいぞ、染吾郎」

じろりと睨《にら》み付けても軽く受け流される。相変わらず好々爺《こうこうや》然としながら食えない男である。しかも正確に読み切っている辺り性質《たち》が悪い。

「それ、ほんま？」

「否定はせんな。楽しみが増えると思っていたのだが」

「そら、すまんかった」

平吉には不満の意味が分からないのだろう。謝りながらも困惑している様子だった。甚夜の気持ちを察している染吾郎は、意地の悪い笑みを浮かべている。以前に平吉と酌み交わすために買った桜の酒器はまだ使う機会がなく、そのままになっていた。

「まだまだやね。ところで甚夜、そいつの味はどないや？」

落ち着いた口調で何気ない素振りだったが、ほんの刹那だけ染吾郎の目が鋭くなった。

甚夜は見せつけるように悠々と杯《さかずき》を傾ける。咽喉《のど》に酒を流し込めばじんわりと熱が広がり、風味も心地好い。

「辛口で切れのあるいい酒だ」

「そうやのうてな」

「が、それだけ。普通の酒だな」

普通という言葉を強調して伝えると、染吾郎は表情を引き締め直して顎をいじりながら考え込む。

「そうか、まぁ予想通りっちゃ予想通りやな。この酒が出回ってから半年、別に変な話もあんま聞かんしな」

呑んでいる酒は〝ゆきのなごり〟。かつて甚夜と染吾郎が遭遇した、人の憎悪を煽る酒の名だった。

もっとも今回は酒屋を回って現物を買い、実際に甚夜が呑んで中身を確かめてもみたが、結果としては特に何も出てこなかった。酒は正規の流通に乗って出されており、人が鬼になるといった類の噂も聞かない。駄目押しとばかりに牛鍋屋に置いてあったゆきのなごりを頼んでみるも、やはり質がいいだけで呑んでも懐かしい風味はしなかった。

つまり今回の酒は、名前が同じだけで以前とは別物である。とはいえ何の関わりもないというわけでもなさそうだ。瓶に記された文字は江戸で見たものと全く同じであり、これを偶然と片付けることはできない。

何より気になることが一つあった。調べていくと問屋から教えられた酒蔵は存在せず、代わりにその場所には打ち捨てられた屋敷がある。ご丁寧にとでも言えばいいのか、どの問屋で聞いても件《くだん》の屋敷へ繋がるようになっており、あからさま過ぎて失笑してしまう程の怪しさだ。

「染吾郎、どう見る？」

「誘い。噂の女からの結び文ってとこやな」

おそらく屋敷では彼女が待ち構えている。心の躍らない逢瀬の誘いだが、嬉しく思わないでもない。憎むべき者がわざわざ招待してくれたと考えれば、自然に猛禽《もうきん》の笑みが浮かぶ。

「向こうからの誘いとはありがたい」

「がっつく男は嫌われんで」

「既に十分過ぎる程嫌われているさ」

明言はせずに互いだけが分かる会話を交わす。そこに割り込んだのは、表情を曇らせた野茉莉だった。

「噂の女？」

怪訝《けげん》そうに繰り返す。隠してはいるが、ささくれ立った内心がかすかに滲《にじ》んでいた。

「ああ、別に気にせんでええよ。艶っぽい話やないから」

「どちらかと言えば血生臭いな」

二人が即座に否定すれば、安堵したのか柔らかく目尻を下げる。代わりに血生臭いという言葉が引っ掛かったのか、今度は心配そうにしていた。

「何か依頼でもありました？」

「探っている段階だ。そう心配するな」

甚夜は軽く答えて何でもないと示し、最後の一杯を呑み干す。

食事時に話す内容ではなかった。けちの付いた酒で締めもない。追加を頼もうと手を上げれば、その手をやんわりと握った野茉莉に無理矢理下げられてしまった。

「お酒はもうおしまいですよ」

まるで子供の相手をするような窘《たしな》め方だった。それがよく似合うと思える程に、娘は大きくなった。長い髪は子供の頃と同じように桜色のリボンでひとまとめにしているが、面立ちからは幼さが抜けて、立ち振る舞いにも落ち着きがあった。

「いや、もう少しくらいは」

「深酒は駄目だといつも言っているでしょう？」

野茉莉は二十歳になったが、甚夜の外見は十八の頃から止まったままだ。とうとう娘は父を追い越してしまった。今では並んで歩いていても親娘かと問う者は誰もいない。恐れていた時がきた。もはや親娘でいることはできないのだ。

「おお、面倒見がええな」

からかうように染吾郎が言えば、野茉莉は勝ち誇った笑みを甚夜へと向ける。

「はい。今の私は姉ですから、弟の無理を窘めないと」

野茉莉は人目のあるところでは姉を自称し、家では今まで通り父様と呼んでいた。父であることは変わらず、傍《はた》から見ても家族であれるように、野茉莉は二つの態度で甚夜に接する。その心遣いを嬉しいと思わないはずがない。

「今日はもう控えましょう」

「ああ、分かった。姉上様」

茶化して姉と呼べば満足そうに頷く。形は変わっても家族であろうとしてくれる娘が甚夜には眩《まぶ》しく、そっと目を細めた。

「野茉莉ちゃん、昔はかいらしかったけど、今はええ女になったなぁ。なあ、平吉？」

急に話を振られて、平吉は肉を喉に詰まらせた。むせ込みながら茶で無理矢理に流し込むと、呼吸を整え何とか言葉を絞り出す。

「え、ええ。そうですね。野茉莉さん、綺麗なった、思います」

「ふふ。ありがとう、平吉さん」

平吉にはそれが精一杯だったようだ。小さい頃から知っているが、二十歳を過ぎても初心《うぶ》なこの青年が少し心配にもなってくる。

「確かに野茉莉は器量よしで気立てもよく、家事に関してもそつなくこなす。その上で男を立てる、夕暮れに咲く花のように淑《しと》やかな娘だ」

「親のひいき目がひどいなぁ」

染吾郎に揶揄《やゆ》されるが、甚夜からすれば本心である。過剰な褒め言葉に慣れていない野茉莉は頬を赤らめていた。

「も、もう父様まで」

「事実だ」

照れたせいで姉としての態度も崩れてしまう。

「ただ、な」

「お、珍しいな。なんやあかんとこでもあるんか？」

「いや、まあ、なんだ」

言い淀む甚夜を見てぴんときたのだろう、染吾郎はからからと笑いながら濁した言葉の先を取った。

「ははーん、分かった。そろそろ嫁のもらい手を探さんとな、てとこやろ」

　空気が凍り付いたのは、気のせいではないだろう。図星を突かれた甚夜と同じく、照れ笑いのまま野茉莉も固まっている。

　江戸の頃、女性の結婚適齢期は十五から十八だった。明治に入っても十七から十九までだ。明治後期になると早婚の弊害が説かれたため二十歳を過ぎる例も出てきたが、大抵は親が二十歳までに結婚させてしまう。それを過ぎても未婚のままでいる女性は、奇異な目で見られるのが一般的である。野茉莉もいかず後家と言われてもおかしくない年齢に差し掛かっていた。

「秋津さん、何か、仰《おつしや》いまして？」

　わなわなと唇を震わせるのは、自分でも意識していたからだろう。

「いや、そろそろ年齢がな。女の子は早め早めの方がええと思たんやけど」

　失礼ではあるが、言っていること自体は間違っていない。野茉莉の歳なら子供がいる女も珍しくないし、体への負担を考えれば出産は早い方がいいのも事実だ。

「父親としては、嫁に行かれるのは寂しい。家にいてくれるのは嬉しいと思うが」

「せやけど相手が一人もおらんいうのはさすがにあれやろ？」

　擁護はしたものの、染吾郎の言は甚夜の内心でもあった。

　今さらながら、おふうを嫁にしないかと言い続けた店主の気持ちが分かる。可愛い娘を手放したくないとは思うが、適齢期を過ぎても相手がいないというのは確かに心配だ。

「ですが、相手がいませんから。これればかりは一人ではどうにもならなくて」

ぎこちなく頬を引きつらせて、野茉莉は乾いた笑いを垂れ流す。

「そんなら、平吉はどや？」

「お師匠っ⁉」

「何を仰るのですか、秋津さん」

平吉なら信は置けるし案外悪くないかもしれない。そう思って止めなかったのだが、予想以上に野茉莉は狼狽《ろうばい》していた。

「それは、その。平吉さんも迷惑だと思いますし、ね？」

「いやっ、迷惑とは思わへんけども」

「えっ」

平吉は言わずもがな、野茉莉も顔を赤くしている。お互い憎からず思っているのは間違いない。しかし性急すぎたらしく、互いに戸惑いながらずれた会話を繰り返していた。

「あちゃ、やってしもたな」

「そうだな」

落ち着かない二人を放置し、甚夜は手酌で残ったビヤザケを杯に注ぎ軽く呷る。染吾郎は気に入らなかったようだが、呑んでみればそれなりにいける。もう少し辛口が好みではあるものの、喉越しはそれほど悪くはなかった。

「あら、怒らへんの？　うちの娘に何しよる、くらいは言うかと思たんやけど」

騒ぎをよそに酒を呑んでいるのが不思議だったらしく、染吾郎は首を傾げていた。しかし怒る気にはなれずビヤザケを呑みながら甚夜は苦笑する。

「お前の気遣いを無下にはできん」

「なんや、ばれてる？」

「いい加減付き合いも長いからな」

結婚相手に関しては甚夜も気を揉んでいたのだが、野茉莉の心情を慮《おもんぱか》ればこそ今一つ踏み込み切れずにいた。そこで染吾郎は、甚夜ではあまり厳しいことも言えないだろうと茶化しながらも代わりに色々と指摘してくれたのだ。

「すまない。道《どう》外《け》方《がた》をやらせた」

「僕が勝手にやったことやけどね」

「それでも感謝くらいはさせてくれ」

本当にありがたい友人である。結果としてうまくはいかなかったが、これで踏ん切りは付いた。

「一度、腹を割って話してみようと思う」

「せやな。その方がええわ」

甚夜は重々しく頷き、反して染吾郎はにやりと口の端を吊り上げる。

「ま、野茉莉ちゃんはええ女やさかい。多分、君が思ってるようなことにはならへんけどな」

染吾郎には結末が見えているのかもしれない。からかうような目をこちらに向けながらも、やけに上機嫌だった。

その夜、夕食を終えた親娘は居間で寛《くつろ》いでいた。

近頃は野茉莉が食事を作るようになった。腕前も中々で、今では糠床《ぬかどこ》の管理も彼女がこなしている。家長としてはどっしりと構えるべきなのだが、何もしないというのはどうも座りが悪い。しかし野茉莉も頑として譲らず、結局は任せきることになっていた。

「お前にばかり負担をかけるのもな」

「駄目ですよ。家事は娘に任せるべきでしょう」

野茉莉は都合よく娘と姉を使い分けて、極力甚夜の負担を減らそうとする。嬉しくはあるが気遣い過ぎているとも思う。もう少し自分を優先しても罰は当たらないだろうに。

嫁ぎ先に心当たりがないというのも半分は嘘だ。親のひいき目を抜きにしても、野茉莉は器量よしで気立てもいい。引く手あまたとまでは言わないが、その気になれば縁などいくらでも作れただろう。そうしなかった理由など考えるまでもない。老いることのできない父のために彼女は努力してきてくれた。嫁ごうとしなかったのも、そういう意図があったのだと知っていた。

「なぁ、野茉莉」

「はい？」

お茶を楽しみながら愛娘はたおやかに笑う。その柔らかさに躊躇《ためら》うが、それでも彼女を想うならば言わなくてはならない。

「いいんだぞ、無理をしないでも」

野茉莉に動揺はなかった。落ち着き払った様子を見るに、なんと続くかを既に察しているのだろう。彼女はただ黙って甚夜の言葉を待ってくれていた。

「お前もそろそろ、縁談を考えてみないか。なに、これでもそれなりに伝手《つて》はある。お前の希望に沿う相手を探そう」

野茉莉が望むならば恋愛結婚も構わないが、そうでないのなら見合うだけの人物を探すのは父親の役目だ。

「いや、探さなくとも宇津木がいるか。あれはいい男に育った。気心も知れているだろう、相手としては申し分ないと思うが」

まくし立てるように口を開くのは、一度止めてしまえば二の句を継げられなくなると思ったからだ。この熱が冷める前に吐き出しておかなくてはならない。

「二十歳を過ぎれば相手を探すのも難しくなる。考えるなら頃合いだと」

「どうして？」

けれどその途中、野茉莉にか細い声で遮られた。

「どうして、そんな話を？　私が邪魔になりましたか？」

抑揚のない声に甚夜は昔を思い出す。幼い頃の野茉莉は捨て子だった自分を卑下して、本音を口にできない子供だった。嫌われたら捨てられるかもしれない、そういった怯《おび》えがどこかにあった。しかし今は違う。寂しさを滲ませながらも、彼女は逃げずにまっすぐ向かい合ってくれた。

「馬鹿なことを。そんなわけがないだろう」

「それなら」

「お前が嫁ごうとしない理由は、私だろう」

身構える野茉莉に甚夜は静かな笑みを落とした。

「とう、さま」

「分かるさ。お前が私のために、家族であろうとしてくれていることくらい分かっている。それが嬉しくて、甘えてしまった。だが、それはいけないのだと思う」

鬼の寿命は千年を超える。しかし、人は五十年もすれば消えてしまう。野茉莉がどれだけ努力しても、家族でいられるのはほんの刹那でしかない。だからこそ共にいられる短い年月のために、彼女の幸せを犠牲にはしたくない。

家族だと自信を持って言える、そう思えるだけのものを野茉莉は与えてくれた。自分は十分に救われてきたのだから、今度は彼女の幸せを祈る番だろう。

「離れたとて家族であることに変わりはないだろう。だから無理はしなくていい。好いた男と結ばれて子を産み、緩やかに生きる。女として当たり前の幸せを得てもいいんだ、お前は」

胸を過《よぎ》る空虚に気付かないふりをして、ただ優しく語り掛ける。野茉莉は俯《うつむ》いて肩を震わせていた。それも一瞬だけで、すぐに顔を上げて揺れる瞳で甚夜を見る。

泣いているのだと思ったが、どうやらそうではないらしい。わずかに潤んではいるが、そこには決意の色があった。

「父様。私は、もう子供ではありません」

震える声に込められた心を知る。重ねた歳月を態度で示そうとしているようだ。

「自分の道くらい自分で選べます。それができないと思えるほど私は頼りないのでしょうか」

「そんなことは」

「私は、父様の娘です。けれどいつか母親になってみせます。そうすると自分で決めた。それを幸せではないと、間違っていると言わないでください」

ぎこちなく笑う野茉莉は胸を張ってみせた。その強さが甚夜には嬉しく、同時に少し寂しくも思う。

「先のことも考えています。ですから、もう少しだけ好きにさせてくださいな」

「すまない。お前の気持ちを考えていなかった」

「いいえ、それだけ私を心配してくださったのですね。今さらですが、父様が私に甘いと実感しました」

おどけた態度に釣られて甚夜も表情を柔らかくする。

本当は誰かの妻となり、穏やかに老いていく生活を選んでほしかった。マガツメに繋がる道を見つけた今、余計にそう思ってしまう。自分が真っ当な生き方を選べなかったと自覚しているからこそ、愛する娘には平穏を生きてもらいたかったのだ。結局それは叶いそうにないが、野茉莉が娘でいてくれる今を心から誇らしいと感じた。

胸にある憎悪はどうしても消せない。

明日、彼は打ち捨てられた屋敷へ踏み入る。マガツメとの再会は、すぐそこまで近づいていた。

2

廃寺の本堂で合流してから、東菊と町を練り歩く。昼時を過ぎても通りは騒がしく、噂の巫女も地味な着物を用意すれば容易《たやす》く人混みに紛れることができた。

「ずるいなあ。宇津木さんだけ楽しそうで」

東菊は子供のような怒り方で睨み付けてくる。といってもそこに悪意はなく、単純に平吉が羨ましいだけのようだ。

「そらしゃあないやろ。お前をつれてくわけにもいかへんし」

「挨拶くらいさせてもらった方がいいかな」

「お前、牛鍋食いたいだけやろ」

平吉は呆れたように溜息を吐く。

初めて会ってから二年、東菊の探し人はまだ見つからない。ちらりと東菊の横顔を盗み見る。若干食い意地の張った明るくよく笑う娘だが、以前と寸分違わない容姿に改めて鬼なのだと思い知る。

しかし変化もあった。何故か彼女は当初ほど積極的に探そうとしなくなり、たまに連れ出しても散策程度で終わってしまうことがほとんどになっていた。

「なあ、探すのは諦めたんか?」

東菊は問いには答えず、あからさまに話題を変える。

「だけどそのお蕎麦《そば》屋さん、よく話に出てくるね」

「ま、世話にはなってるしな。ちなみにお前が好きな野茉莉あんぱんの名前付けたんもそいつやで」

「会ってみたいな。そう言えば宇津木さんの知り合いとは、まだ顔を合わせていないね」

「癒しの巫女様を紹介して騒ぎになったら嫌やし」

疑念を知られたくなくて咄嗟《とっさ》に嘘で誤魔化した。

甚夜や染吾郎に引き合わせなかったのは、この鬼女が信頼に足るか判断できなかったからだ。勿論《もちろん》それは最初だけで、親しくなった今では危険な鬼だとは思っていない。そのせいで余計に紹介できなくなってしまった。秋津の弟子に接触しながら当初の依頼を先延ばしにする東菊を、歴戦の退魔達がどう判断するのか怖くなったのだ。

加えて言えば、野茉莉の前で別の女と親しくしている姿を晒《さら》したくないというのも理由の一つではあるが。

「ほんまに弄《もてあそ》んでるみたいや」

「どうしたの？」

「いや、いつの間にやら命の危険が近付いてきてたことに今さら気付いただけや。下手するとほんまに肉塊やな、俺」

東菊は呑気に笑っているが、平吉にとっては死活問題である。あの男は冗談など言わない。やると言ったら間違いなくやる。野茉莉と東菊を両天秤にかけていると思われでもしたら本気で命が危ない。やはり彼女と一緒に鬼そばへ近付くのは、止めておいた方が無難だろう。

「久しぶりに野茉莉あんぱんが食べたいな。三橋屋、覗《のぞ》いてみようか」

「い、いやぁ、今日はやめとかへん？」

「滅多に行けないんだからいいでしょう。さ、はやく」

腕を取られ引きずられる形で三条通を辿る。見た目はか弱い娘だがやはり高位の鬼だ。思った以上に力は強く、振りほどくこともできない。

「ああもう、分かった。買うてきたるから、店には近寄んな」

自分の意志の弱さには呆れる。正直行きたくはないが、こうも嬉しそうな笑みを見せられては止める気にはなれない。懸念はあるが、甚夜に見られないよう手早く買い物を済ませてさっさと帰ってこよう。

「ふふ、ありがとう。なんだかんだ宇津木さんは優しいね」

「なんでもええから手ぇ離せ」

「あ、ひどい」

じゃれ合うような会話を交わしながら、ふらりと二人連れ立つ。それを楽しいと思えるようになった自分が信じられない。以前はあんなにも鬼を嫌っていたというのに。

「やっぱ、お師匠は凄いわ」

ぽつりと呟き、平吉は知らず頬を緩めた。

昔は鬼を忌避する自分では、秋津染吾郎に相応《ふさわ》しくないのではないかと悩んでいた。しかし今なら師の言葉を肯定できる。種族も寿命も生き方さえまるで違うが、互いに笑い合うことはできるのだとようやく心から信じられた。

「ほら、さっさと終わらせんで」

「はい」

人の流れに沿って鬼と並んで歩く。退魔の後継には相応しくないと咎《とが》める者もいるかもしれないが、むしろ誇らしい気持ちになる。

柔らかな午後の日に、心浮かれて足取りは軽くなった。

けれど呆けた声に歩みを止められた。

「……え？」

立ち止まった東菊が、大きく目を見開きわななと唇を震わせている。視線の先を追うと、鬼そばの店先には三橋屋の店主、三橋豊繁《とよしげ》がいた。野茉莉と甚夜もいて、なにやら和やかに話している。距離があるためこちらには気付いていないようだが、東菊はそれをこの世の終わりとでも言わんばかりの表情で見詰めていた。

「どないした」

驚愕では生温いが、退魔への恐怖とも毛色が違う。さすがにおかしいと思って声を掛けるが、反応はない。しばらく経ってからようやく意識を取り戻したようで、東菊はぎこちない笑みを浮かべた。

「宇津、木さん。今日はこれで、帰ります」

止める暇もなかった。言い切るより早く東菊は踵《きびす》を返して駆け出す。手を伸ばして掴もうとしたが、人混みに紛れてしまって後ろ姿もすぐに見えなくなった。

「おいっ！　なんやあいつ」

結局平吉は悪態を吐くくらいしかできなかった。

だから走り去っていく東菊の呟きを聞き逃す。

「やっと、見つけた……」

底冷えするような声は雑踏に紛れ消えていく。そこに籠められた熱は誰にも伝わらなかった。

◆

甚夜は違和を感じて、通りの方に目をやった。昼時を過ぎて店内は落ち着いているのと対照的に、通りは行き交う人々で雑多な印象を受ける。

外をじっと見続ける姿を不思議に思ったのか、野茉莉がわずかに首を傾げた。

「父様、どうしました？」

「いや」

今、誰かがこちらを見ていたような。辺りを見回してもその気配はない。単なる杞憂《きゆう》か、あるいは逃げたのか。ともかく視線を送っていたであろう人物は既に去った後のようだ。

「どうやら勘違いだったようだ」

「葛野さん、疲れてるんとちゃうか？　顔も急に老け込んどるように見えるし」

肩を竦《すく》めて適当に誤魔化せば、豊繁がわずかに皺《しわ》の増えた甚夜の顔を見ながらからかうように言った。

「しっかし、野茉莉ちゃんも悪いな。こっちの都合に付き合わせて」

「そんな。いつも楽しみにさせて頂いていますから」

「ははっ、そう言ってくれるとありがたいわ。こら面倒やとか言ってる場合とちゃうな」

手渡された紙包みの中には、豊繁が手ずから作った菓子が入っている。

あんぱんの一件以来、彼は時折菓子の味見を頼んでくるようになった。妻の朔《さく》からせっつかれなくても新作の開発に余念がない。口癖のように面倒臭いと言っていた男が変われば変わるものである。

「っと、あんまり長居してもあかんな。ほんなら、俺はこれで」

そう言って挨拶代わりに軽く手を上げてから豊繁は背を向けた。

甚夜らも店へ戻る。店内の一角にはどっかりと椅子に腰を下ろし、のんびり茶を啜っている老人がいた。

「お、もう終わったん？」

勝手知ったる他人の我が家で染吾郎は朗らかに笑っている。店内に客はいない。夜にはマガツメがいるであろう屋敷へ向かうため、今日は店を昼で閉めた。客商売に疲れて仇敵を仕損じては笑い話にもならない。

「せやけど、違和感あるわぁ」

息を吐いた甚夜を染吾郎はじっと観察していた。

彼の目には、少し老けた三十路過ぎくらいの甚夜が映っているはずだ。しかし甚夜がすっと目を伏せると、次の瞬間には普段と同じ十八歳の青年に変わった。

「そう言ってくれるな。これはこれで高等技術なんだ。自身の体に〈空言〉で造り出した幻影を重ねる。言葉にすれば簡単だが〈空言〉は使用者の記憶に依存するため、老けた自身を細部まで明確に想定しなければ破綻してしまう。その上、仕事をしている間は常に行使していなければならないからな」

「はあ、ほんま無駄な力の使い方やな」

呆れか単に面白がっているのか、染吾郎はにまにまとしている。

無駄とは言うがこれも必要なことだ。いつまでも歳を取らない店主というのは怪し過ぎるため、皺を少し増やして老けたように偽装している。野茉莉とここで生活を続けるには、こういった小細工もしなければならない。

と言っても日常生活で常に行えるわけではない。知り合いに会いそうにない場では、本当の姿を晒している。ただせめて店を開いている間は普通の父親としてありたかった。

「そういう使い方ができるんやったら、他のやつにも化けれるん？」

染吾郎の発言に軽く顎を弄《いじ》りながら考え込む。人に化けるのは鬼の常套《じょうとう》手段だが、別人になるというのはやったことがない。

「そうだな」

試しに〈空言〉を発動する。手近にいた染吾郎の顔立ちをしっかりと記憶し、自分自身に幻影を重ねる。記憶を顔に映し込む感覚だ。顔の動きに合わせて幻影も動かさねばならないため、かなり繊細な運用が必要になってくる。ゆっくりと慎重に造り出された幻影で顔を覆う。

完成した幻をどうだと言わんばかりに見せれば、二人はそれぞれ声を上げた。

「気持ち悪っ。顔が僕やのに図体《ずうたい》が違い過ぎるわ！」

「上と下が合っていませんね」

そこには非常に不気味な、背丈六尺近い筋肉質な秋津染吾郎がいた。

「〈空言〉では元あるものに幻影を重ねることはできても体格までは変えられない。これは失敗だな」

「まぁ、そうゆうんは狐《きつね》か狸《たぬき》に任せとけっちゅうこっちゃな」

残念だ、と呟きながら〈空言〉を解く。元に戻れば安堵した様子で野茉莉は息を漏らした。

「やっぱり父様はその姿が一番ですね」

「これが普通だからな。さて、そろそろ昼食にしよう」

「はい、今準備しますね。秋津さんも食べていかれますか？」

染吾郎には妻がおらず平吉も料理を作れないため、師弟ともにここで食事を取っていくことが多い。野茉莉も聞く前からそれを踏まえて献立を考えるようになっていた。

親娘水入らずではないが騒がしくもあたたかい食卓だ。こういうのも団欒《だんらん》というのだろう。

そうして夜が訪れ、甚夜は件の屋敷へと向かった。

五月の夜を抜ける風が妙に温い。粘つくような気色の悪い肌触りに身震いする。

『旦那様』

「どうした」

『いえ、随分と固くなっているようでしたので』

兼臣に指摘されて強張《こわば》った体と張り詰めた内心に気付く。

「固くもなるさ。ようやく会えるんだ」

『それほどまでに会いたいと願う女性ですか、妬《や》けますね』

わざとらしいおどけた物言いは、彼女なりの気遣いだろう。おかげで多少ではあるが肩の力が抜けた。

「なに、妻のいる身で不義密通はせん」

返す冗談に感謝を込めれば、刀は静かに微笑む。

夜空は薄墨のような雲に覆われ、月も星も朧《おぼろ》に霞《かす》む。

三条通を離れてしばらく歩くと、山の斜面に沿って作られた庭園と既に廃墟と化した屋敷が見えてきた。

かつて東京が江戸と呼ばれていた頃、京に保養地や山荘を有する武士は多かった。この屋敷もとある武士が隠居のために造営したものらしい。しかし明治になり、武士はいなくなった。元々の主《あるじ》を失くした屋敷は廃墟となって時代に取り残され、今では誰も住んでいないはずだ。

　庭園に足を踏み入れて竹林の道を進めば、闇に紛れて幼い娘が待ち構えていた。

「おじさま、お待ちしておりました」

　夜に似合わない晴れやかさで向日葵は微笑んでいた。

　驚きはない。そもそも偽物のゆきのなごりは単なる餌に過ぎず、この屋敷も甚夜を呼び出す舞台に過ぎなかった。待ち伏せも罠も織り込み済み、警戒はしても臆したりはしない。

「夜分の訪問恐れ入る。家主はおられるか」

「固いですね。もっと砕けてくれた方が嬉しいのですけど」

「すまない。今はできそうになくてな」

　頬を膨らませた向日葵は溜息を吐き、再び花のような笑顔を咲かせた。

「では、さっそく母のところへご案内します」

　薄暗い廊下は、まるで己の心のようだ。

　ようやくだと思った。何を斬るべきか迷いながらも、長い歳月を踏み越えてあの娘に辿り着いた。胸に感じた熱さは高揚か、それとも結局消せなかった憎悪だったのか。深く考えないようにしながら向日葵の後について長く続く廊下を歩く。

「どうぞ」

　向日葵が襖《ふすま》を開け、誘われるままに座敷へ足を踏み入れれば、そこには横座りで虚空に視線をさ迷わせる女がいた。

波打つ眩《まばゆ》いばかりの金紗《きんしゃ》の髪が夜に妖しく輝いている。まるで瘴気《しょうき》をそのまま衣に仕立て直したような淀んだ黒衣をまとった鬼女は、気怠《けだる》げにゆっくりとこちらを見た。

刃のように鋭利な気配を放つ女の赤い瞳を覗き込めば、意思に反して憎悪が膨れ上がる。

「久しいな、鈴音」

実に四十三年。

予言された未来よりも早く、愛しく憎い妹は再び甚夜の前に姿を現した。

3

生温い風に寒気を覚える。

女はゆっくりと立ち上がり甚夜を見据えた。赤い瞳に灯ったのは憤怒《ふんぬ》か憎悪か、それとも他の何かだろうか。べったりと張り付くような偏執的な眼光だった。

気安い態度で繕っても、仄暗《ほのぐら》い感情が胸をかき乱す。少しは変わることができたと思っていたが、どうやら勘違いだったようだ。遠い雨の夜を、兄でありたいと願った日を覚えている。なのに憎しみは羽虫のように湧いて出る。

奪われた全てに報いるため、今この場で鬼女を殺せ。肉を裂き骨を砕き臓物を抉《えぐ》り、魂さえも磨《す》り潰せと鬼となった体が叫んでいる。

「わざわざ誘いに乗ってやったんだ。一言くらいあっていいと思うが」

気を抜けば斬り掛かってしまいそうだ。湧き上がる衝動を必死に隠し、鉄のように硬い表情で吐き捨てる。

鈴音の反応は薄く、胡乱《うろん》とした様子でこちらを眺めている。座敷には沈黙が居座り、ただ無意味に時間だけが過ぎた。

どれだけ経ったろうか。気怠い雰囲気を崩さないまま鈴音が口を開く。

『ままごとは楽しかった？』

第一声は侮蔑と嘲笑がない交ぜになっていた。

「面白い冗談を言う」

『こちらの科白《せりふ》だ。自ら家族を捨てた貴方が、血も繋がらぬ人の子を娘と呼び、ごっこ遊びに興じる。それが冗談でなくなんだというのか』

怒りに任せて突っ込むような若い時期はとうに過ぎた。甚夜はさらに濃くなった憎悪を抑えつつ、眼だけ鋭く研ぎ澄ます。

『寂しさを紛らわせたかった？　それとも人と関わっていれば鬼となった自分を忘れられると思った？　だとしたら、なんて無様な男』

かつて無邪気に笑った幼い娘はもうどこにもおらず、妹を慈しむ男も消え去った。鈴音を鬼へと堕《お》としたのはかつての甚夜の過ちであり、しかし彼女こそが甚夜を鬼へと変えた。ならばどちらが正しいか、どちらが間違っているかなど問題にもならない。互いは同じように罪を犯し、同じように憎みあう。そういう生き方をあの夜に選んでしまった。

「無様、か。確かにそうかもしれん。だが私はあの娘に救われた。おそらくは、楽しかったのだろうな」

『ぬけぬけと。家族が欲しいというのなら』

表情はさらに歪み、羅刹《らせつ》もかくやという形相で鈴音は睨み付ける。

「私は答えた。こちらも聞かせてもらおう。鈴音、お前はまだ全てを滅ぼすとほざくか」

『何を今さら』

そうさせたのはお前だろうに——口にせずとも目が語っている。

場を占拠する空気は固く冷たく、まるで氷のようだ。あまりの冷たさに背筋が寒くなり、響く声を聞くたびに苛立《いらだ》ちが募る。苦渋に奥歯を噛み締めながら、それでも言葉を絞り出す。

「人里を去り、人と関わらずに暮らすという選択肢はないか」

叶うならば、斬る以外の道を探したい。葛野を旅立つ際に長《おさ》の前でそう語ってみせたのは、いつかは許せる日が来るのではないかと淡い希望に縋《すが》る甚夜の弱さだった。

それでも一つだけ確かなことがある。

「こうして再び逢い、思い知った。やはり私はお前が憎い。どれだけ幸福に浸ろうと、憎しみは消せなかった」

憎しみを捨てられなくとも、あの娘を愛しく思い慈しんだ日々は嘘ではない。切っ先を向けずに済むのなら、目を瞑《つむ》るくらいはできるはずだ。

「そしてお前が人を滅ぼすのなら、私はそれを見逃せない。だがもし人に危害を加えないと言うならこれ以上追いはすまい。そうすれば、お前に刀を向けなくて済む」

自分は憎しみと共に生き、何も為さぬまま死ぬ。代わりにお前も全てを忘れて消えろ。

理不尽な提案だと分かっている。だとしてもこれが甚夜にできる最大の譲歩だ。

『無理だな、割に合わない』

鈴音は端正な顔をわずかに歪めた。

『貴方と離れて歳月を重ね、そして気付いた。今も私にとっては貴方が全て。貴方を愛しく思えればこそ、どれだけ辛《つら》くとも現世の全てを受け入れられた。だからこそ私は全てを憎み滅ぼそう。滅ぼして、今度こそ……』

　零《こぼ》れ落ちる呪言。本当はその答えを知っていたのかもしれない。

　鈴音は向日葵や地縛を生んだ。彼女達はマガツメが捨てた心の一部が鬼と化したものだという。不要なものを捨て去り己があり方を純化してきた鈴音にとっては、甚夜以上に憎しみが全てだったのだろう。

「そうか、残念だ」

　これ以上言葉を重ねても意味はなく、斬る以外の道はなくなった。

　夜来と夜刀守兼臣を抜刀してだらりと放り出すように構えると、鈴音を、眼前の敵を睨み付ける。

『そんな顔でよく言う』

　指摘されて初めて、甚夜は自分が嗤《わら》っているのだと気付いた。湧き上がる感情を抑えきれず獰《どう》猛《もう》な顔を晒していた。

　所詮はこの程度の男だ。提案を断られた以上は、もはや斬るしかない。……これで気兼ねなく斬れると、憎むべき仇《かたき》に正しく刃を向けられるのだと鈴音の返答を喜んでしまった。

「ああ。そう、だな」

　甚夜にとって憎しみは感情ではなく機能でしかない。愛しく憎らしい女をようやく殺せると、鬼になった体が歓喜に打ち震えている。

「この夜を待ち侘《わ》びたぞ、鈴音。白雪をはじめ、お前に奪われた全ての仇。ここで果たそう」

いつか交わした誓いや大切な妹。あの鬼女は幸福なかつてを壊した化生《けしょう》であり、それを討つことに何のためらいもなかった。

『ふん……』

鼻で嗤うと、鈴音がすっと目を細めた。そこには憎悪とも侮蔑ともつかない、極低温の悪意がある。

『貴方は結局、何も変わっていない』

叩き付けた言葉が合図となり、二匹の鬼の距離は瞬きの内に消え去った。

鈴音はただ歩いただけだ。何の技術もない無造作な動きだというのに、長い歳月鍛錬を続けてきた甚夜よりも遥かに速い。

ひゅっ、と軽妙な音が空気を切る。鈴音が高く掲げた腕を勢いに任せて振るった。刃以上に鋭い爪での攻撃を、刀身を寝かせて下からすくい上げるようにして防ぐ。そこから右足で踏み込み、夜刀守兼臣で首を突くが容易く躱《かわ》されてしまった。

相変わらずの粗雑な動きだというのに呆れるほどの速さだ。

鈴音は間合いの外に逃げようと後ろへ退く。基礎能力の高さは最初から分かっていたことだ。しかしこちらもあの頃のままではない。〈疾駆〉で退がる鬼女に肉薄する。

「歳月を重ねたんだ、私もそれなりの強さを得たぞ」

甚夜の挙動はかつて対峙《たいじ》した時よりも鋭い。流れるように横薙《な》ぎに繋げるが、それでも鈴音が速かった。上に飛んで夜来をやり過ごし、そのまま爪で頭蓋を狙ってくる。

　襲い来る一撃は無防備な頭部を正確に切り裂こうとするが、〈不抜〉によって体は壊れない。渾身《こんしん》の一撃を防がれたことで、鈴音の動きが一瞬止まる。その隙に〈不抜〉を解くと、側面へ回り込んだ甚夜は袈裟懸《けさが》けの一刀を放った。それも避けられてしまったが、鈴音の顔が強張った。甚夜の今の力量は彼女にとって想定外だったのだろう。

　それは甚夜にとっても同じだ。あの夜、捨て身でなければ当てることさえできなかった。だが体を鍛え上げ技を練り、鬼を喰《く》らってまで力を求めた。化生としての格では下回っても、武芸者としてはこちらが上だという自負があったのだ。

　とはいえ甚夜が強くなった以上に、鈴音も月日を重ねて力を増している。鈴音は戦い慣れていないため付け入る隙があるが、そこを踏まえてもまだこちらの方が弱かった。

分かっているからこそ攻め手は止めない。対して鈴音はひどく冷めた目で甚夜を見つめていた。

袈裟懸け、突き、体を捌《さば》き逆風、踏み込んで胴を貫く。

苛烈な責めを鈴音は危なげなく避けていく。あくまでも実力では彼女が上だ、油断や慢心はできない。

　鈴音が避けながら、すっと腕を上に翳《かざ》す。それに呼応して虚空から三匹の鬼が現れた。赤黒い筋肉がむき出しとなった鬼は、おそらくは死体から生んだのだろう。

　鬼どもが鈴音と甚夜の間に割り込む。たかだか三匹、障害にはなり得ない。襲い来る鬼を躱しつつすれ違いざまに腕を斬り落とし、同時に懐へ潜って袈裟懸けでその身を裂く。

「失せろ」

まずは一匹を斬り伏せれば、間髪入れず残る二匹が拳を振り上げた。

仕切り直すのも面倒だ、このまま迎え撃つ。脳裏に浮かべるのは岡田貴一《おかだきいち》の剣だ。過剰な力も余分な所作もいらない。迫り来る鬼どもを前に心は平静を保つ。

流れに身を任せるように刀を突き出し、殴り掛かり伸びきった鬼の腕に刀の腹を添わせる。わずかに軌道を逸らし、右足で踏み込み鬼へと並び、そのまま軸として体を回し横に薙ぐ。

構えは崩さずに腰を落とし、最後の一匹に目を向ける。

鬼も動き始めるが遅い。すり足で大きく前へ進むと同時に肘を斬り上げる。腕をはねのけると、左足を引き付けて素首《そくび》を狙い一太刀で斬り落とす。

三匹まとめて相手にしても苦戦はせず、全ての鬼は死骸へと変わった。

だが、その程度でも距離を空けるには十分だったようだ。既に鈴音は観戦していた向日葵を抱き上げて庭へと躍り出ている。

「ちぃ」

後を追って甚夜も庭へと出たが、再び鬼が現れた。雑魚《ざこ》とはいえ今度は十匹を超える。その後ろで鬼女は悠々とこちらを見下ろしていた。

『本当に、貴方は何も変わっていない』

鈴音は何故か涙を堪《こら》えるように目を伏せる。儚《はかな》げな立ち振る舞いがひどく苛立たしい。

『あの夜も同じだった。鬼を討ちに森へ向かった。私のことなんて、気にもかけないで』

瞳に宿った感情は侮蔑や失望より寂しさを思わせる。睨み付けているつもりなのだろうが、表情は泣きながら笑っているようだった。

『貴方はいつだって、残された者のことを考えない』

「何が言いたい」

切って捨てるような甚夜の硬い声に、鈴音は氷のような微笑で答える。

『あの夜と同じ。貴方は誘いに乗った』

触れる冷たさに四肢が固まった。

あの夜に甚夜は、甚太は思っていた。鬼達は白夜、あるいは宝刀・夜来を狙って葛野へ訪れるのだと。だが本当の目的は鈴音であり、鬼神を生むための舞台を整えることこそが狙いだった。〈剛力〉の鬼は囮《おとり》に過ぎず、甚太がいらずの森へ向かった隙に鬼は鈴音との接触を図った。

鈴音の狙いは、それと同じだと言っている。

「野茉莉か」

『ようやく気付いた？　だから言った。今も、同じ過ちを繰り返す』

例えば、もしもあの時、鈴音を独りにしなければどうなっていただろう。

鈴音がいかなる経緯で社《やしろ》へ向かい、白雪を殺すに至ったか。それを知らない甚夜では、仮定の未来など想像できない。だが鈴音は、もし甚太が残っていれば違った未来があったのではないかと信じているようだった。

だから見せつけるように野茉莉を狙ったのだろう。おそらく、憎みあう今があるのはお前の罪によるものだと思い知らせるために。

『貴方はまた間違えた』

見下した物言いなのに、どこか痛ましくも感じる。

地面から湧き上がるように鬼は増えていく。蹴散らすだけでも手間がかかる物量は、あからさまに足止めだ。

「随分と見下してくれるな」

甚夜に焦りはなかった。激昂《げっこう》して鬼どもに斬り掛かるとでも思っていたのか、鈴音は反応の薄さを訝《いぶか》しんでいるようだ。

「先程も言ったぞ。強くなったのではない、私は強さを得たのだ」

何かを考え込んでいるようだが、一呼吸を置いてから鈴音は軽やかに跳躍して屋敷の塀の上に立った。その傍に向日葵も寄り添っている。甚夜を捨て置くつもりなのだろう、背を向けたまま振り返ることもしない。

「逃げるのか」

『貴方はそのまま鬼と戯れていればいい。事が終わるまで』

おそらくは今頃、野茉莉も鬼に襲われている。

甚夜は奥歯を噛み締めた。愛娘を狙われたことで純粋な怒りが湧き上がってくる。

「回りくどい真似を。私が憎いのならば直接ぶつければいいだろうに」

甚夜が憎いからこそ、大切な者を奪うことで苦しめようとしているのだろう。不愉快なやり様を責めると、鈴音は背を向けたままゆっくりと首を横に振った。

『私はただ知りたいだけ。貴方が何を選ぶのか』

理解できず真意を問おうとしたが、遮るように向日葵がにっこりと笑った。

「それではおじさま。私達はこれで失礼します。今度は一緒にお茶でも飲みましょうね」

『黙りなさい向日葵』

鈴音達を追おうとするも数多の鬼が立ち塞がる。暴走しそうな感情を無理矢理に抑え込み、去ろうとする背中を呼び止めた。

「鈴音、何故今になって動いた」

鬼を生んで百鬼夜行を造り、その果てに心を造る。向日葵の言葉を信じるならばマガツメはそのために動いていた。しかし今回は甚夜をわざわざ誘いだし、野茉莉を狙ってきた。ここにきて目的から外れた行動をとったのは何故なのか。

鈴音は足を止めて俯くと、投げ捨てるように返す。

『決まっている。割に合わないからだ』

意味の分からない答えを残し、鬼女は去っていく。

ようやく会えたのに見逃すしかないという屈辱が頭の中を焼く。心臓は早鐘を打ち、迸《ほとばし》る感情に目が眩《くら》む。

『旦那様』

「分かっている」

深く息を吸い込み、ゆっくりと吐き出す。

以前も染吾郎や兼臣に窘められた。焦ればその分だけ動きは鈍る。野茉莉を思えばこそ、まずは落ち着いて冷静に対処せねばならない。鈴音の意図は読めないが、今優先するべきは鬼どもを蹴散らすことだ。

「悪いが、道を空けてもらう」

意識を刃のように鋭くし、刀を構え直した甚夜は鬼の群れへと斬りかかった。

◆

夜になり静まり返った三条通には怪しげな人影があった。裕福そうな身なりの恰幅のいい男だ。平吉と癒しの巫女を引き合わせた、三条通にある酒屋の主人である。

男は一歩一歩踏み締めるように夜道を歩く。青白い顔色に反して、目はぞっとするくらい冷たく赤い。そもそも男は誰も知らないはずの癒しの巫女の居場所を知っていた。巫女の正体を考えれば、彼が誰の影響の下にあるかは明確だった。

視界の先にあるのは三条通にある一軒の蕎麦屋だ。当然ながら暖簾《のれん》は外されている。

男はにたりと気味の悪い笑みを浮かべた。

『マガ、ツメ……』

思考力は奪われており、男の頭には鬼そばの住人を襲うことしかない。

ぎしりと筋肉が鳴り体が醜悪に歪む。店の前まで辿り着いた時には、男は鬼と化していた。

気味の悪い呻き声を上げた鬼は赤黒い腕を伸ばし、玄関の戸に手を掛ける。

「しゃれこうべ」

しかし雪崩《なだれ》のように襲い来る骸骨に押し流された。

鬼の悲鳴がからからと鳴る骨の音に掻き消される。

「この店、もうとっくに閉まってるで。勝手に入られたら困るわ」

左手に三つの腕輪念珠《ねんじゅ》をはめた青年が、無造作な歩みで店から出てきた。襲撃を予見していたらしく、異形を前にしても動揺はない。刺すような鬼の視線を飄々《ひょうひょう》と受け流し、不敵に笑う。

「ほんで、静かにせえ。野茉莉さんが寝てるんや。起こしたら可哀想やろ」

名を宇津木平吉。三代目秋津染吾郎が一番弟子、付喪神《つくもがみ》使いの後継である。

甚夜がマガツメに叩き付けた言葉は、負け惜しみではなかった。確かに彼は遠い夜と同じく誘いに乗った。しかし今は、一人で戦っていた頃とは違う強さを得ていた。後ろを任せられる者がいるからこそ、誘いと理解しながらも敢えて乗った。全てと信じた生き方に専心できなくなった甚夜は以前よりも弱くなった。だとしても道行きの途中で拾ってきたものは、決して無駄ではなかった。

「案外、丈夫やな」

しゃれこうべは髑髏の付喪神、平吉のもっとも得意とする術だ。それを受けながらも鬼は平然としている。しかしここは退けないと平吉は甚夜の依頼を思い出す。

――マガツメがいかな手を打つか、私にも分からない。だからもしもの時は野茉莉を頼む。

あの男が野茉莉を頼むと、何よりも大切な愛娘を任せた。任せられるだけの人物だと見込んでくれたのだ。言葉の裏にある最大級の信頼を裏切るような真似はできない。

「まあ、所詮雑魚やけど」

左腕を突き出して、平吉は不敵に笑う。

今ならどのような鬼が相手でも後《おく》れは取らない。それだけの自信があった。

◆

屋敷を離れたマガツメ達は東山を下る。腕に抱えられた向日葵は不満に頬を膨らませた。

「おじさまともう少し話していたかったのですけど」

反応を見せないが、向日葵を抱く母の手つきは優しい。

薄雲に覆われた夜空の下、緩やかな傾斜が続いている。木々に囲まれた小路には淡い星の光も届かず、暗い道の先は鬼の目でも見通せなかった。

取りあえずの目的は達した。

甚夜を呼び寄せて足止めする。それだけのためにゆきのなごりの噂を流した。

目論見《もくろみ》通り彼が動いてくれたことに向日葵は喜んだが、マガツメの反応はそれ以上だった。数えきれない歳月を越えてようやく逢えた。憎悪や恋慕に愉悦や悲哀、様々な感情が混じり合いマガツメの胸中は荒れ狂っている。

マガツメにとって甚夜は全て、鬼へと堕ち現世を見限ったとしてもそこだけは揺らがない。それを向日葵が理解できるのは、彼女がマガツメの長女だからだ。彼女は鈴音が兄と敵対してマガツメとなるために初めに切り捨てた心が鬼と化した存在、つまり本質的には同じものである。

「お母様、今から野茉莉さんの所へ？」

マガツメは問いには答えず、優しく向日葵の髪を梳《す》いて夜の闇を見つめる。しばらくそうしながら何かを考えている様子だったが、唐突に彼女の薄く細められた赤い目が厳しくなった。

「ええ夜やね」

投げ掛けられた言葉に足が止まる。

「ええ具合に月も星も陰った。おあつらえ向きっちゅうやつや」

立ち塞がるように現れたのは、飄々とした老翁だった。張り付いた作り笑いで語りかけてくる男に対してマガツメが警戒を露《あら》わにする。

「向日葵ちゃん、お久しゅう。君がいるっちゅうことは、そっちがマガツメで間違いないな。なんやえらい別嬪《べっぴん》さんやなぁ。とても娘がいるようには見えへんな」

老翁は気にも留めず、軽妙な語り口である。こちらの正体を知りながら、おどけた態度を崩さない。この不敵な老翁の名をマガツメは既に知っていた。

『秋津、染吾郎』

「お、僕のこと知ってんの？　いやぁ、有名になったもんやね」

おどける様はどこか浮世離れしていて、むしろこの男の方こそ怪異のように映る。浮かべた笑みは張りぼてのようだ。見栄えばかりしっかりしていて中身が伴っていない。表情は穏やかなのにその奥は敵意に満ちていた。

「ゆきのなごりの噂を聞いたら屋敷にマガツメがおること、誘いであることまでは甚夜も読む。せやけど、なんのための誘いかまでは考えへん。考え足らずなんやのうて、君が憎すぎて焦点が合わへんのやな」

染吾郎が懐に手を入れて短剣を取り出した。語りながらも隙は見せない。老齢に見合った抜け目なさで、少しずつ位置を調整している。

マガツメは向日葵を降ろし、木陰に隠れさせた。一瞬だけ緩んだ表情は優しく、しかしすぐさま鬼としての顔を取り戻す。

「甚夜は普段冷静ぶっとるけど、頭に血が上り易いからなぁ。君がおるって分かった時点で他の事はすこーんと抜けてるんとちゃうか。まぁ、端《はな》から僕らに頼る辺り、ましにはなったけどな」

不快さにマガツメは顔を歪めると、いつでも動けるよう態勢を整える。

「やらせへんよ。野茉莉ちゃんのとこには平吉がおる。そんで僕が君を片付ける。君の道行きはここで終いや」

対する秋津染吾郎は、怯《ひる》むことなく短剣を突き付けて高らかにそう宣言した。

◆

夜の風に鳴く木々はいやに不気味だ。

薄雲に覆われた黒い空の下、染吾郎はマガツメと対峙する。付喪神使いとして数えきれないほどの怪異を見てきたがあの鬼女は異質だ。表情は能面のようだが、粘つくような濃密な気配を放っている。想念の具象化である鬼にとって、秘めた激情はそのまま強さに繋がるのだ。

『何故、立ち塞がる』

お前には関係ないだろうと言外に匂わせ、マガツメが氷の視線を向ける。並みの者ならばそれだけで動けなくなるだろうが、染吾郎は苛烈な敵意を受け流して悠々とした態度を崩さない。

「ははーん、さては君、友達おらへんな」

馬鹿なことを問うものだ。長い年月を共にして、一緒に酒を呑み愚痴を言い合った。お互い歳を取ったと、お互いの娘と弟子を見ながら笑った。ならば、突き付けた短剣も同一線上にあるだけのことだ。

「僕はあいつの親友やからな。いざって時は、そら体くらい張るやろ」

あの不器用な親娘の触れ合いを一番近くで見てきた。血の繋がらない、種族さえも違う二人は本当の家族になり、今でも家族であろうと努力している。それを崩させてなるものか。ここで体を張れないのなら、自分には友を名乗る資格はない。

染吾郎の心は既に決まっていた。

マガツメの息の根を止める。

その上で、あれが甚夜の妹だと言うのならこう伝えよう。

〝マガツメは自分に勝てなかったから逃げた。もう悪さもしないだろう〟

甚夜が妹を殺すなどという罪を犯すことのないように泥は全て自分が被る。そのために立ち塞がったのだ。

「一応聞いといたろか。何を望む、マガツメ」

『滅びを』

マガツメの発する禍々《まがまが》しい圧力が増した。臆面なくそう言ってのける鬼女は、大言を吐くだけの力を有しているのが分かる。

「はん、滅び？　鬼のくせに嘘吐きやね、自分。君のやってることはむしろ逆や。人を鬼に変え、力を生み、心を造り出そうとしてる。それやったら、その先があるはずやろ」

推測ではなく確信だった。

滅びを謳《うた》う鬼女が望む何かを知るために探りを入れる。もしも知ることができたなら、あるいは兄と妹がもう一度分かり合えるかもしれないと思ったからだ。

「聞き方を変えよか。手を血ぃで濡らして屍《しかばね》敷き詰めて、何を生めるつもりでおるんや自分は？」

挑発めいた物言いにもなんら動揺なく、マガツメは黙したままだ。初めから答えが返ってくるとは思っていなかったため落胆はなかった。これで問答の必要もなくなり、染吾郎の次手も決まった。

「ま、そろそろ始めよか」

構えた短剣は秋津染吾郎の切り札である。相手の実力が未知数である以上、出し惜しみはしない。それに正々堂々戦う理由もない。初手から最大戦力をぶつけ、相手が全力を出し切らぬうちに息の根を止める。

対峙する鬼女は構えずにだらりと手を放り出している。ただし、その瞳には明確な戦意が宿っていた。

『私の狙いは野茉莉、だったか。あの気色の悪い小娘ではない。お前だ』

「は、僕?」

『私の目的が知りたいのだろう? 教えてやる、割に合わないの』

口角を吊り上げ、侮蔑を込めてマガツメは語る。

『私には、あの人が全て。なのにあの人はそうではない。かつては私を殺すために全てを投げ出してくれたのに、今では周りに余計なものが多すぎる』

何を生もうとしているのか、そういう大局的な話ではない。今回何故動いたのか、その理由をマガツメは口にしている。

氷のような印象は一瞬で消え去った。あれは熱情に浮かされた狂信者だ。もはや正気を失っているとしか言いようがない。

「なんやそれ。君は、あいつを殺そうとしてるんやろ」

『そうしないと私は前に進めない。現世を滅ぼさなければ私の夢は叶わない』

支離滅裂すぎて怖気《おぞけ》が走る。鬼女の語る不気味な慕情に背筋が寒くなった。

『憎まれることは心地好い、強さを求めて苦しむ姿さえ蜜のように甘い幸福だった。私にとってあの人が全てならば、あの人もそうあるべきだ。なのに、いつかそうではなくなった。ならば満たさないと。どうすれば憎んでくれる？　ああ、きっと、他のことなんてどうでもよくなるくらい傷付ければあの人の目にはもう私以外映らない、そのために』

　そうしてマガツメは、心からの愉悦に表情を歪める。

『今宵、あの人の全てを奪う』

4

東菊は暗い廃寺の本堂で佇んでいた。

探していた人を見つけてしまった。同時に与えられた役割も思い出す。

「私は」

あれの下へ行かなくては。

◆

欲望に似た何かを垂れ流すマガツメに、染吾郎はひどくおぞましいものを感じた。

恐怖よりも気色悪さが勝る。一寸先の闇に足が竦むのと同じで、マガツメの執着の底が見えず、だからこそ鳥肌が立つ程に気味が悪い。

「無茶苦茶やな」

マガツメは甚夜を憎んでいる、それは間違いない。しかし同時に執着してもいる。人だろうが鬼だろうが、心はそう簡単に割り切れるものではない。誰よりも愛しているが殺したいほど憎い。相反する想いを抱いたとしても別段不思議ではないだろう。

「甚夜に見てもらいたいから、憎まれたいがために野茉莉ちゃんや僕を狙う？　それにしては色々遅すぎるやろ」

この鬼女は言葉と実際の行動が乖離《かいり》し過ぎていた。あり方がちぐはぐすぎて、まるでだまし絵でも見せられているような気になる。

自分にとってあの人が全てであるように、あの人にとって自分が全てであって欲しいと、そこまでの執着を語るにしてはやり方が回りくどい。愛情にせよ憎悪にせよ甚夜にこだわっているのならば、もっと早く行動を起こしていてもおかしくはなかった。

だというのにマガツメは存在を匂わせながらも今まで大きな動きを取らなかった。つまり心情としては嘘ではないが、一連の事件には他の企みがあるはずなのだ。憎悪と愛情、相反する想いを叫びながら冷静に実験を繰り返して目的を達成しようとする。甚夜の事情から敵対することになった化生だが、それを抜きにしても放置できない厄介な存在だ。

『どうでもいい、最後に辿り着けるのならば』

そう口にする鬼女からは、もはや感情は読み取れない。端正な顔からは色が消えて再び能面のような無表情になった。少しでもマガツメの内心を探ろうと染吾郎は言葉を続ける。

「なあ、結局君は甚夜とどうなりたいんや？」

『お前には分からない。どうせ、知る意味もない』

数瞬の間を置いて、興味なさそうにマガツメは吐き捨てる。

どのみちお前はここで終わるのだから――無造作な仕種《しぐさ》の裏には強い侮蔑が込められていた。

滔々《とうとう》と語ったかと思えば肝心なところで口を閉ざす。マガツメの目指す先は読めないが、その胸中は多少察せた。

「ま、言いたないなら別にええよ。ただ、君のことは放っておけへん。あいつの親友として、何より秋津染吾郎として」

放っておけば甚夜だけでなくその周囲にも累が及ぶ。いや、それどころか狂った理論を振りかざし、いつしか本当に現世を滅ぼすかもしれない。

「悪いけど、ここで討たせてもらうで」

眦《まなじり》は強く敵を射抜く。

妖刀使いの南雲《なぐも》や勾玉《まがたま》の久賀見《くかみ》をはじめ日の本に退魔の名跡《みょうせき》はいくつかあるが、その中で秋津は家門ではなく一派だ。鬼を討つ者よりも職人としての一面が強い。故に害意のない鬼は討たぬのが信条だが、もはやマガツメを見逃せない。今この場で討ち取らなければ、後の世の禍根と成り得る。突き付けた短剣に力を籠め、染吾郎は敵意を明確にした。

『笑わせるな老いぼれ』

意にも介さずマガツメが動いた。ゆらりと揺れる体はまるで幽鬼のようだが、美しい容姿と相まってどことなく艶《なま》めかしい。

見惚れる暇もない。一足で距離は零《ゼロ》となり、鬼女は既に爪を振り上げていた。視認することさえ難しい速度、人の身など容易く引き千切る一撃だ。マガツメは寸分の狂いなく染吾郎の頭蓋を狙う。

「老いぼれ舐《な》めんな小娘」

しかし染吾郎は微動だにしない。振るわれた爪を受け止めたのは、力強い目をした髭面《ひげづら》の大鬼だ。金の刺繍が施された進士の服をまとい、手にした剣で悠々とマガツメの一撃を受け切る。疫病を祓《はら》い鬼を討つ鬼神である鍾馗《しょうき》は、染吾郎の持ち得る付喪神の中でも最大級の戦力である。

「無駄に長く生きただけのガキに後れなんぞ取るかい」

無造作に薙ぎ払えば、それだけでマガツメの体は後ろへと吹き飛んだ。自分からではなく、単純な膂力《りょりょく》に押された形だ。ふわりと軽やかにマガツメは着地する。

反撃を軽くいなされて体勢を崩すことすらできなかったが、染吾郎の表情は余裕に満ちていた。速く強いがそれだけだ。マガツメの力量は今まで相手取ってきた鬼の中でも群を抜いている。だが、体術では甚夜よりも数段劣る染吾郎でも不意打ちの一撃を防げた。技巧のない愚直な突進だったからだ。確かに強いが、これならば付け入る隙はある。

「君が死んだらあいつにはこう伝えといたる。マガツメは僕に勝てんから逃げた。多分もう悪さもせんやろ、ってな」

そこには数多の鬼を討ち倒してきた、三代目秋津染吾郎としての姿があった。

「いきぃ、犬神」

懐から犬張子を取り出し、マガツメへ向けて解き放つ。黒い靄《もや》は次第にはっきりとした輪郭を持ち、犬の形になった時には既に飛びかかっている。マガツメが腕で払い除ければ、犬神はまとめて吹き飛ばされて粉微塵になった。

甚夜と違い染吾郎は人だ、マガツメの攻撃は下手すると掠《かす》っただけで死ぬ。できれば間合いを離したいが、おそらく鍾馗でなければ致命傷は与えられないだろう。鍾馗の射程はせいぜい一間

（1・8メートル）。危険だが距離を詰めるしかない。

「まだまだいこか、虎さんおいで」

次いで繰り出したのは張子の虎、大型の付喪神だ。夜を震わせる獣の呻きとともに虎は鬼女を食い殺そうと疾走する。ぐっと地を蹴り、覆いかぶさるように牙を剥くが、ざしゅうと嫌な音が響く。爪も牙もマガツメには届かない。軽々と虎の体躯《たいく》は引き裂かれた。

問題ない、虎を囮として染吾郎は既に距離を詰めていた。左方から踏み込み短剣を振り下ろす。連動して鍾馗もまた脳天から唐竹《からたけ》に割ろうと一刀を放つ。

しかし、既にマガツメはそちらへ向き直り構えている。読んだのではない。虎を葬るのに腕を振るい、近付いた染吾郎を視認してからでも彼女は間に合うのだ。両者の能力にはそれだけの差がある。囮を使って不意を打ったところで、なおもマガツメの迎撃の方が速い。

鬼女は無感動に染吾郎を見下ろすと、鍾馗が剣を振るうよりも先に一歩踏み込む。間合いはなくなり、白くしなやかな指がぴんと伸びる。

そこから先は見えなかった。霞むほどの速度で繰り出された彼女の抜き手が染吾郎を一瞬で貫く。

「残念、はずれ」

ただし幻影の、ではあるが。

清（中国）では、蜃気楼《しんきろう》とは大きな蛤《はまぐり》の吐く息であるという。故に合貝《あわせがい》、蛤の貝殻の付喪神は蜃気楼を生み出す。マガツメが貫いた染吾郎は蜃気楼だ。本物は既に背後へ回り、本命の一撃を放っている。

気配を察知して振り向こうとするが、今度は染吾郎が速い。殺意を込めた剣はマガツメが振り向いた瞬間に肩口へ食い込み、白い肌を破り肉を裂いた。血飛沫《ちしぶき》を撒き散らしながら、マガツメは能面のまま染吾郎を睨《ね》め付ける。

『……で？』

意識の外から斬り掛かり、そこまでしてもマガツメには回避するだけの余裕がある。斬ったとはいえ肉のみで、骨を断つには至らなかった。

マガツメは眉一つ動かさず、左手で鍾馗が振るった剣を掴んだ。裂けた掌《てのひら》からかなり力を込めたのだと分かる。それだけでは終わらず、ゆったりとした様子でマガツメは右腕を動かした。

「なんや、その腕？」

染吾郎は目を疑った。

ぐちゃり、不愉快な音が鳴る。刀を掴んだ方とは逆、鬼女の右腕が蠢《うごめ》いている。まるで別の命を宿しているかのように変容し始めたのだ。

その異様さに息を呑む。滑らかな陶磁器のような肌は深緑に変色し、芋虫のような気味の悪い皮膚に変わる。それを食い破り外骨格が現れた。構造を見るに、あれは節足動物の歩脚に近い。見るだけで嫌悪感の湧き上がる、芋虫の胴から歩脚が生えた腕だ。

しかし染吾郎を驚かせたのは、見た目の気色悪さよりも発される禍々しい気配である。

あれはまずい。離れないと、そう考えた時には体が動いていた。無理矢理に剣を引き、マガツメの指を斬り落として大きく後ろへ距離を取る。

「って嘘やろっ⁉」

それで一息とはいかない。マガツメは一歩も動いていない。なのに蟲《むし》の腕が体を伸ばし襲ってくる。

構え直して鍾馗で薙ぎ払うつもりだった。だが斬れない。鍾馗の一撃をもってしても傷一つ付かない。硬いのではなく奇妙な弾力があって、刃は食い込むだけで断ち切るには至らない。

「ぬぉぅ、りゃ！」

それでも力尽くで蟲の腕の軌道を逸らし、どうにか退ける。

染吾郎は奥歯を噛み締めた。必死の抵抗もどうでもいいとばかりにマガツメは虚空を眺めている。その仕種は穏やかで、だから染吾郎は少なからず動揺した。

「あら、おっかしいなぁ」

唇がかさつき、冷や汗が垂れる。内心の焦りを悟られぬように軽い調子で微かに笑う。

「僕、今君を斬らんかった？」

確かに手ごたえはあった。鍾馗の剣には血が付着しており、斬り落とした指が地面に転がっている。にもかかわらず無傷のマガツメが平然と立っている。傷や出血どころか着物のほつれさえもなかった。

鬼の再生力は人を上回るが、それだけでは説明がつかない。とすれば、あれがマガツメの異能だろう。鬼は百年を経ると特異な力を得るが、中にはもっと早く習得する者もいる。異能は才ではなく、心から望みながらも理想に今一歩届かぬ願いの成就だ。通常よりも早い目覚めは願いへの渇望に他ならない。

『どうした、私を討つのだろう？』

侮るでも勝ち誇るでもない、淡々とした語り口だった。蟲を生やした鬼女はひどく醜いが、同じくらい寂寞を思わせる。圧倒的な力を振るいながら、まるで迷子のような頼りなさを感じた。

「あはは、言ってくれるなぁ」

不用意に攻め立てることはできない。傷の再生のからくりを解かない限り意味がないし、そもそも蟲の腕を掻《か》い潜《くぐ》るだけでも至難だ。

間合いを取ってまずは牽制《けんせい》代わりに付喪神を放ち様子を見るが、蟲の腕が音を立てて振るわれ、一瞬で蹴散らされる。

かさかさがしゃがしゃ、耳障りな音に嫌悪を覚えるが目を逸らすわけにもいかない。

『向日葵、離れなさい。屋敷に戻って様子見を』

やはりどこか寂しげな様子で、マガツメは少し離れた所にいる娘へ声を掛けた。

「ですけど」

『ここから先は貴女が見るようなものではない』

曲りなりにも母ということなのか。言葉尻には娘を案じる愛情が含まれている。

『いいから。追いついたとして、あの人が貴女に危害を加えるようなことはないだろう』

「分かりました、お母様。でしたら安全なところでおじさまを待ちますね」

　少し躊躇いがちだった向日葵は、一転満面の笑みになる。このような状況でも甚夜との接触は喜ばしいらしい。染吾郎は溜息を吐き、去って行こうとする彼女を呼び止めた。

「ほんま、君は甚夜が好きやなぁ」

「え？　はい、勿論です」

　急に話を振られて戸惑う様子は見た目通りの幼さだ。

「あはは、かいらしなぁ」

「馬鹿にされたような気がします」

「馬鹿になんてしてへんよ。多分、甚夜の奴もおんなじように思ってるで」

　視線はマガツメに向けたまま、和やかに談笑する。向日葵は染吾郎の物言いに晴れやかな笑みを咲かせた。

「そうでしょうか？」

　落ち着いた対応を取ろうとしているのだろうが、喜びを隠せていない。マガツメの娘でありながら向日葵は本当に甚夜を慕っている。悪感情が欠片もない意味を、染吾郎は以前渡り合った時に何となくではあるが予測していた。甚夜に話さなかったのは確信が持てなかったからであり、できれば予測が間違っていて欲しかったからだ。

『無駄話は止めなさい』

「はい、ではお母様、行ってまいりますね。それでは秋津さんもこれで」

　ぺこりと頭を下げ、今度こそ向日葵は去った。

明るい笑顔がなくなり、夜は深まった気がする。マガツメが娘を行かせた理由は分かっている。染吾郎の息の根を完全に止めるつもりなのだ。

染吾郎に動揺はない。元より命の取り合い、覚悟はとうにできている。だから思考は今から行われる戦いよりも、マガツメの目的の方に向けられていた。

「ほんま、かいらしい娘や。君もあの娘のこと、大切にしてるみたいやし、ねっ！」

言葉と共に左手を翳《かざ》す。犬神が四方八方から襲い掛かるも、マガツメは粗雑に腕を振り回す。それだけで全て薙ぎ払われ、ぼとりと犬神の残骸が地面に転がった。

今は相手に手傷を負わせることより考える時間が欲しい。さらに犬神を繰り出し、そのたびに地の残骸は増える。

「その腕、悪趣味やけど大したもんや。それも成果の一つか？」

マガツメの動きが止まる。答えは返ってこないが、当たらずとも遠からずなのか表情は固くなった。一挙手一投足に注視し、反応を窺いながら染吾郎はゆさぶりをかける。

「心を造るのが君の目的やったな。そのおまけで人を鬼に変える酒やら百鬼夜行が出てきたんや。その腕も同じ技術やと思うんが普通やろ」

マガツメは初めに人を鬼に変える酒を造り、次は死体から百鬼夜行を為し、自由に異能を生み出す術《すべ》も得た。憎しみに染まれば容れ物も相応しいあり方を呈する。つまり心を造る術は、容れ物もまた自在に変容させられると同義だ。

「人は想い故に鬼へ堕ちる。ほんで心を自在に造れるんやったら、中身も外見も自由自在やな」

即《すなわ》ち心を造る技術の行き着く先は、完全に自分の意思を反映させた命の創造に他ならない。

「好きなように造れる命。それが君の望みか？　はん、吐き気がするわ」

　マガツメの眉間に皺が寄った。

　反応を見るに当たらずとも遠からずといったところか。人として生きてきた染吾郎には彼女の望みが蟲の腕よりも醜悪に映る。命を侮辱した行いに、年甲斐もなく明確な敵意を露わにする。

「その腕、自分の心弄ったんか？」

『違う』

　今度は間髪入れずに否定する。ゆっくりと首を横に振る仕種はやはりどこか寂しそうで、成熟した外見とは裏腹にまるで幼い娘のように見えた。

『これは私の心そのもの。散々切り捨てて代わりを植え付けたのに、これだけは消えてくれなかった』

　周りにまったく意識が向いていない。その無防備さが痛ましく、染吾郎はかつて百鬼夜行の夜に向日葵が語った言葉を思い出す。

　マガツメの娘は切り捨てられた心の一部だという。とすれば長女である向日葵は、兄を慕う妹がマガツメとなるうえでまず初めに捨て去らなければいけなかった想いだ。その正体は容易に想像がつく。あの娘の根幹は「兄を慕う心」だ。故に向日葵は無条件に甚夜を慕う。そもそも彼女はそういう想いによって形作られているのだ。

　そこに思い至り、マガツメの現状を染吾郎は理解した。

「ああ、逆か」

初めは造り物の心を使って望む能力を得たのだと予測していた。ただ質が悪かったせいで蟲の腕という歪んだ形で発現してしまったのではないかと、造った心に問題があったのだと考えた。

しかし実際は逆だった。おそらくこの鬼女は切り捨てた想いの代用品として造り物の心を自身に植え付けた。そうやって自己を保つはずが、捨てられなかったかつての想いが勝ってしまった。マガツメになる前の、ただの妹の心こそが醜悪な蟲の正体なのだ。

そして、それが心を造ることにこだわった理由でもあるのだろう。古いものが使えなくなれば新しいものが欲しくなる。だから壊れた心を捨てて代用品を詰め込み、けれど捨て切れなかった想いは歪んで見るも無残な姿に変わった。愛情や憎悪を物のように扱い、取捨を繰り返していつしか自分の根源も見失い、間違えた心は覆う肉さえも間違えた形に造り替えた。

結果としてマガツメは人でも鬼でもない、別の何かに変質してしまった。

「あかん。分かってしもた、君の願い」

染吾郎は苦々しく表情を歪める。眼前の鬼女の歪みを見せつけられ、知らず手に力が籠った。

「マガツメ、君はそんなことのために」

『何度も言わせるな。私にはそれが全てだ』

マガツメが内から滲み出るものを抑えられず震えている。

『なにも変わらない。切り捨てたはずなのに、こんなにも愛おしい。なのに、この憎しみだけが消えてくれない。憎いの、私を捨てたことが。傍にいて欲しかった。ただほんの少し、頭を撫でてくれれば。手を繋いでくれれば、それだけで、よかったのに』

兄は妹を憎み鬼へと堕ちた。捨てられた妹は全てを憎み、いつか鬼神となる。愛おしく思う心は変わらず、けれど兄妹は憎しみを選んでしまった。彼等が鬼である以上、もはや互いに憎み合うことしかできない。マガツメにはそれが認められなかった。

『だから私は造るの。憎しみに染まった心なんていらない。無垢《むく》な心を。恨まず嫉妬もしない、残るものすら塗り潰す完璧な心を。そうすれば、きっと、もう一度あの人の……にいちゃんの傍に』

だから憎しみを消すのではなく、最初から憎まない心を造ると決めた。彼女にとって兄を憎む欠陥品など、初めからあってはならなかったのだろう。

「君、ほんまに甚夜が好きやってんなぁ」

結局マガツメにはその想いしかなかった。それを失ってしまった時点で彼女の崩壊は必然だったのかもしれない。

「せやけど、君のやってることに何の意味があるんや？　色んなもん踏み躙《にじ》った先に、君は」

『あると信じている。心から願う場所が、きっと』

きっと、もう一度幸せになれる。そんな淡い希望を信じる彼女は、人を蹂躙《じゅうりん》して現世を破壊し尽くし、その果てにある場所へと辿り着こうとしている。滅びの先にある夢をマガツメは見ているのだ。

愚かで気色が悪く、けれどなんと憐れな娘だろうか。染吾郎は同情を寄せたが、首を横に振ってそれを振り払う。

「やっぱり、君のことは捨て置けへん」

目的を知って妥協を引き出せれば戦わないでも済むかもしれない。そうすれば兄妹が仲直りしてめでたしめでたし、そういう終わりもあるのではないかと希望を抱いていた。

それが無理だと分かってしまった。

マガツメは目的のためならば現世の全てを滅ぼしていい、それほどの覚悟を持って事に臨んでいるのだと思っていたがそうではない。あれは結末以外に興味がないのだ。兄の傍へもう一度戻ることだけが至上であり、他事をまったく気にしていない。だから現世さえ、道の途中に生えた雑草を踏む程度の軽い気持ちで滅ぼしてしまえる。

甚夜はできるなら許そうとしていたのだろうが、彼女は妥協が通じる相手ではなかった。

「このままやったら君はほんまに災厄を振りまくだけのもんになる。何より、君のやってることは甚夜への、いや、僕ら人への侮辱や」

『知ったことか。この身は鬼。ならば為すべきを為す』

「鬼？　ちゃうな。君はもうとっくに人でも鬼でもないわ」

人は想い故に鬼へと堕ちる。ならばその想いを捨て去ってしまったのなら、もはや何ものでもない。彼女は害意を撒き散らすだけの化生に、鬼神に為ろうとしている。

「君の居場所はどこにもあらへん。とっとと黄泉路《よみじ》に還れ」

鍾馗の短剣を構え、染吾郎は静かに意識を研ぎ澄ます。

まずは紙燕の付喪神、かみつばめを放つ。速度を上げたそれは刃となってマガツメを切り刻もうとひゅるりと飛ぶが、届くことなく蟲の腕に叩き落とされる。隙を見て犬神を繰り出すが、これもすぐさま消し飛ばされる。逆にマガツメの攻撃も届かない。蟲の腕は確かに脅威だが、鍾馗を打ち破るには使い手の習熟が足らなかった。互いに思惑通りとはいかず、状況は千日手《せんにちて》に陥ろうとしていた。

息を漏らし、鍾馗の振るう剣で再度蟲の腕を払い除ける。意思を持つように蠢く蟲の腕がうねり、爪を立ててくる。幾度となくそれを退けながら染吾郎は額に汗を垂らした。

見得を切ってみたはいいが状況は悪い。マガツメの攻撃は鍾馗ならば容易く受けられるし、蟲の腕はともかくマガツメ自身を貫くことは可能だ。しかし拮抗《きっこう》が続くにつれて染吾郎の胸中には焦りが広がっていく。

「いい加減、しつこいわ！」

空気を裂きながら振るわれた剣が蟲の腕を打ち据える。一進一退でも力負けはしていない。鍾馗は、秋津染吾郎は決してマガツメに劣ってはいない。なのに攻防を繰り返すたび、染吾郎は次第に劣勢へと追い遣《や》られる。

「ちぃ、歳は、取りたくないもんやな」

肩で息をしながら愚痴を零す。

足りないのは膂力《りょりょく》でも速度でもない。戦いに関して言えばマガツメは素人同然だ。このまま持久戦に持ち込めば、いずれは勝機を見出せるかもしれない。そのはずが一手ごとに押し込まれていく。力量以前の問題だ。互角ではあっても、いずれが来るまで現状を維持するだけの体力が老齢である染吾郎にはないのだ。

『人の身ではそれが限界か』

淡々とした口調が逆に鬱陶しい。染吾郎は奥歯を強く噛み締めた。マガツメの指摘は正しく、このままでは染吾郎が先に力尽き無惨に屍を晒すだろう。もしこの身が鬼であったなら、歳を取らなかったのなら。ふと過る思考を染吾郎は鼻で笑い飛ばす。

「はん、まだ諦めたれへんなぁ」

老いることのない体、若さへの羨望は確かにあるけれど、鬼であればよかったとは思わない。確かに人は鬼よりも遥かに脆《もろ》い。千年を生きる鬼から見れば人の一生など瞬き程度だろう。だとしても染吾郎は人の強さを知っている。短い命だからこそ積み重ね、受け継ぎ繰り返す。技や血を、心や想いを人は連綿と紡いでいく。そうやって人は今を作り上げた。それは、脆く儚い命だからこそ成し遂げられた偉業だ。

「確かに人は弱いけどな。せやからできることもあるんや」

その尊さを信じている。だから、人であるが故に陥ったこの劣勢を染吾郎は甘んじて受け入れる。その上でマガツメを討つために身命を賭す、そう覚悟を決めた。

「いくで、虎さん」

染吾郎は身を翻し、張子の虎を放った。

突進する虎を追う形で距離を詰めるが、マガツメは避けようともしない。人を凌駕《りょうが》する獣の疾走でさえ彼女には遅く迎撃も容易いのだろう。

幾ら鍛えようとも、人では彼女の域に辿り着けない。生物としての格がそもそも違う。絶対的な、埋まることのない差がそこにはあるのだ。

「ああ、言い忘れてた」

漏れた呟きなど意にも介さず、マガツメはその進軍を冷めた目で眺めている。乱雑に手を払い除けるだけで染吾郎の命は簡単に消し飛ぶ。ならば何を語ろうが真夏の蚊の羽音とさほど変わらず、ぶんぶんと煩わしいだけ。その油断こそ付け入る隙だ。

「犬神には再生能力があるんや」

染吾郎の声に反応して、地に転がった残骸が瞬時に形を取り戻す。四方八方縦横無尽に駆け回る黒い犬が瞬時に復活し、マガツメを取り囲み襲い掛かった。

一瞬マガツメの動きが止まった。犬神が脅威だからではなく、ただ単にびっくりしただけだ。

ここまでは目論見通りだ。重要なのは威力ではなく突飛であること。マガツメは戦いに関して素人であり、それに反して能力が高い。突如として蘇った犬神に反応できてしまうからこそ意識がそちらに割かれた。

通じないと分かっていながら付喪神を放ち続けたのは仕込み、この一瞬だけ思考を止めるためだ。

いいぞ、そのまま驚いていろ。

反撃によって犬神はまたも砕かれ、その隙に染吾郎は間合いを詰める。マガツメは既に二撃目に移っていた。虎は紙屑のように切り裂かれたがそれも予測済み、ようやく命に手が届く距離となった。

　染吾郎は短剣を翳す。異能の正体は傷が治っていたところを見るに再生・復元に類するものだろう。ならば己が為すべきは一つ、力を使わせる間もなく一瞬で命を刈り取る。マガツメは虎を打ち倒した直後で無防備を晒している。千載一遇の好機、ここをものにせねばもはや勝ち目はない。

　ひゅっ、と軽い音が響いた。染吾郎に連動し、鍾馗の振るう剣が空気を裂いて夜に白い線を描く。狙うは頭蓋、再生などできぬよう完全に粉砕する。

　マガツメはまだ動かない。避けることも、防ぐことも今からでは間に合わない。

　とった。横薙ぎの一閃は吸い込まれるようにマガツメの頭部へ。

『〈地縛〉』

　しかし絶対の確信を持って放った染吾郎の渾身の一刀は中断された。虚空から現れた鎖に染吾郎自身の四肢を絡め取られたのだ。

　いや、鎖ではなくまた蟲だ。尋常ではない体長を誇る大百足《おおむかで》が肌にまとわりついている。

　急に制動をかけられて、ぎしりと骨が鳴った。百足が締め付けているのは腕と足の一部分だけだというのに、何故か指一本動かせない。まるで動きそのものが縛られているかのようだ。

「こいつ、は……！」

〈地縛〉は以前甚夜との鍛錬で見た異能だ。そもそも地縛もマガツメの娘、根源である母親が同じ力を使えても不思議ではない。鎖ではなく蟲に変化しているのは、おそらく本当の想いを捨て去ったせいだ。残っているのは醜く歪んだ執着のみ、だからマガツメの〈地縛〉はこんなにも醜い。

仕損じた。身動きが取れない染吾郎を、マガツメが冷めた目で見ている。心底興味がないといった瞳の色に終わりを悟る。彼女は染吾郎を羽虫程度にも思っていない。躊躇《ちゅうちょ》も感慨もあるはずがなく、それこそ虫を叩き潰すような乱雑さで異形の腕を突き刺した。

「あ」

衝撃に鍾馗は掻き消え、染吾郎の体は大きく吹き飛ばされた。

無様に地面を転がる様をマガツメが不快そうに見下ろしている。致死の一撃を受けても生き長らえていることに違和感を覚えているようだった。

「が、は……福良《ふくら》、雀《すずめ》」

懐にあるは福良雀、付喪神としての力は防御力の向上である。おかげで一命は取り留めたが、骨は折れて臓器も潰れた。絶命するまでの時間がわずかに延びただけで、どのみち染吾郎は死ぬ。その事実が変わることはない。

「あかん、下手、打ってしもたなぁ」

できればマガツメは自分が倒しておきたかった。仏頂面で冷静ぶっているくせにどこか脆い親友がこれ以上傷付かないように。

しかし届かなかった。

「もう、動けへん。付喪神も出せてあと一回、ってとこか」

打つ手はなしだ。意気込んでおいてこのざまとは、なんと滑稽なことか。情けなさに乾いた笑いしか浮かんでこない。

今度こそ息の根を止めようと、マガツメが一歩近づく。脆い体に喝を入れ、染吾郎は無理矢理立ち上がった。ただ最後の瞬間を待つなど、秋津を名乗るものに許された振る舞いではない。

「最後の付喪神。一矢報いな死んでも死に切れん」

全身が軋む。激痛に意識が飛びそうだが、奥歯を強く噛んで耐える。死を前にしても気勢は衰えない。親友のために張った命だ。残念ながらうまくはいかなかったが、意地だけは通させてもらう。

懐に左手を入れ、放つのは三代目秋津染吾郎最後の付喪神だ。

「犬神っ！」

最後の最後に選んだ付喪神は、鍾馗ではなく犬神だった。

マガツメは怪訝そうに眉をひそめる。染吾郎の付喪神の中では唯一鍾馗だけがマガツメと渡り合えた。今さら雑魚を出す意図が分からなかったようだ。

『無駄なことを』

「無駄？　んなことないやろ」

これが今の自分に残された選択、人としてできる意地の通し方だ。

「これが、僕の最後のあがき」

染吾郎は口の端を吊り上げる。そして、手にした短剣を自身の腹に突き刺した。皮膚を破り内臓を刻み、刀身が血に染まる。しかし苦悶《くもん》の声は上げず、不敵な笑みを浮かべたまま刃を体から抜いた。

「この短剣に僕は想いを、命を込める。秋津染吾郎の遺言や」

血塗《ちまみ》れになった短剣を犬神に渡す。口に咥《くわ》えたことを確認すると、染吾郎は決死の形相で叫んだ。

「行け犬神っ！　平吉んとこまで走ってそいつを届けろぉ！」

疾走する犬神にマガツメは何もしなかった。染吾郎の行動に意味を感じなかったのか、別の思惑があったのだろうか。

ともかく犬神はこの場を逃げ切った。短剣には想いを、言葉を込めてある。平吉ならばちゃんと受け取ってくれる、その確信があった。

「僕は、君に勝てへんかった」

棒立ちしているマガツメを睨み付ける。

目に宿るのは敵意ではなく決意だ。理不尽な暴威には屈しない、流れに抗《あらが》う人の心だった。

「せやけど秋津染吾郎は負けへん。人はしぶといで。鬼みたく長くは生きられへんけど、僕らは不滅や」

血が口から零れる。

もう長くは持たない。それでも、最後の命を振り絞って染吾郎は宣言する。

「今ここで断言しといたる。君が鬼神とやらになった時、僕は、秋津染吾郎はもう一回君の前に立ち塞がる。甚夜の隣で、一緒に戦ってみせる」

そのための心を鍾馗の短剣に残した。想いは平吉が受け取り、五代目六代目と受け継がれていく。だから負けはしない。今は退いても、いつか秋津染吾郎はお前に届く。

「葛野での再会、楽しみにしといたるわ」

吐血しながら高らかに笑う。

マガツメには何の反応もない。

染吾郎の遺言にすら興味がないのか。

ただ、冷めた目で――

◆

どこかで犬の遠吠えが聞こえた。

「やっぱ、雑魚やったな」

鬼そばを襲撃した鬼は四半刻も持たず消え去った。それなりにてこずりながらも余裕ぶって見せるのはやはり若さだろう。ともかく野茉莉を狙う鬼の撃退は為った。

ようやく一息つき、気楽な様子で平吉はぐっと背筋を伸ばした。

「ああ、終わった終わった。お師匠やあいつが負けるわけないし、もう安心やな」

激しく動いて腹が減った。甚夜が帰ってきたら夜食に蕎麦を作らせようと考えながら鬼そばの店舗を見る。

「しもた、思っ切り玄関壊してもうた。どないしよ」

しゃれこうべで鬼ごと押し流してしまったせいだ。弁償を求められると困るが、野茉莉を守ったのだから大目に見てくれるだろうか。

頭を悩ませて唸《うな》っていると、目の端に疾走する黒い影を見つけた。近づいてくるそいつには見覚えがあった。師が好んで使い、自身が初めに教えてもらった付喪神だ。

「犬神？」

口に咥えた短剣にも見覚えがある。鍾馗の短剣、三代目染吾郎の切り札だ。

疑問を口に出そうとしたところで、犬神は輪郭を失って崩れ、黒い靄へと戻っていく。そして完全に消えると、ぽとりと足元に短剣だけが落ちた。

「……お師、匠？」

乾いた呟きは夜に紛れ、どこかへと消えた。

5

犬神が届けた短剣を前に平吉は全てを悟り、師との語らいを思い出していた。

昨晩、仕事場で身支度を整えた平吉は、マガツメなる鬼の手勢との戦いを前に英気を養っていた。今回は甚夜に、野茉莉を守るために力を貸して欲しいと望まれた。娘を任せられるだけの男に成長したのだと認めてもらえたことが素直に嬉しかった。

『さ、平吉。行く前に、伝えとかなあかんことがあるんや』

師の手には半生を連れ添った付喪神、鍾馗の短剣がある。染吾郎はその存在を確かめるように握りしめると、穏やかさはそのままにまっすぐにこちらを見た。

『なんですか？』

『うん。二つあるんやけど、まずは一つ目』

行燈《あんどん》の光だけが揺れる室内で、向かい合う二人も橙《だいだい》色に染まる。ほんのわずか固くなった空気の中、三代目秋津染吾郎は静々と頷き、どこか満足げに緩やかな笑みを浮かべた。

『僕になんかあったら、君が四代目秋津染吾郎や』

紡がれた言葉に、平吉はひどく動揺した。戦いに赴く師が秋津の名を託そうとする、その意味が分からないほど子供ではなかった。

『ちょ、お師匠⁉』

『ま、僕かてそう簡単にやられるつもりはないけどな。せやけどマガツメは鬼の首魁《しゅかい》、いつか鬼神になるゆう規格外の相手や。何があってもおかしない』

死ぬかもしれない。その覚悟を持って、染吾郎はマガツメへ挑もうとしている。それは、にわかには信じられないことだった。師の名は秋津染吾郎、付喪神使いの三代目にして稀代《きたい》の退魔だ。そこいらの鬼相手に後れを取るなど想像もつかなかった。

『そんなやつ。そもそも師匠とあいつが手を組んで倒せへん鬼なんかおるわけない』

掛け値なしの本心だ。師は言わずもがな、甚夜もまた尋常ではない使い手だ。マガツメなる鬼がどれほどのものであれ、師と甚夜が仕損じるなどあるはずがないと本気で考えていた。

『嬉しいこと言ってくれるなぁ。勿論、僕も負けるつもりはあらへんで。もしもの話や思っといてくれたらええよ』

物言いは軽くとも目は笑っていない。つまり、それほどまでにマガツメとやらを警戒しているということだ。心底尊敬して信奉する師匠の弱気が、平吉には面白くなかった。

『お師匠がそう言うなら。もしもなんて有り得ませんけど』

『まぁ、マガツメのことがのうても、四代目は君以外おらん。平吉は僕の自慢の弟子、ほんまやったら今すぐにでも秋津染吾郎を譲ってもええくらいや』

肩の力が抜けた態度に、先程までの話はあくまで念のためなのだろうと平吉も安堵した。

『そんな。秋津染吾郎を名乗るには俺なんてまだまだです』

『あはは、謙遜せんでもええよ。ただ今回の戦いが終わるまでは名を譲るんは勘弁したってな』

ついと染吾郎は行燈に目を滑らせた。ゆらゆらと滲む灯を眺めながら、どこかくすぐったそうに染吾郎が苦笑する。

『僕は甚夜の親友やからな。名を譲る前に、秋津染吾郎としてあいつのためにできることをやってやりたい』

鬼に両親を殺された平吉にとっては染吾郎が父親だった。だから余計に甚夜の存在が疎ましく、昔はいつも噛みついていたような気がする。けれど恩人である師と恨むべき鬼は、友として酒を酌み交わす仲だった。それをいつの間にか好ましく思い、種族を越えて繋がる彼等に憧れるようにもなった。だから、あの不器用な頑固者に頼まれた以上は全霊をかけて臨むと決めていた。

『これが一つ目の話。二つ目は、ちょっと言伝《ことづて》をな』

『言伝、ですか』

師は遠くを見るような優しい目で頷いた。

『いつか、あいつにこう伝えたってくれ』

そうして三代目秋津染吾郎は、短い言葉を平吉に託した。

大した意味があるとは思えなかった。それなのに師は、聞いた時にあの仏頂面がどんなふうに歪むのかが楽しみだと語る。それは悪戯《いたずら》を仕掛ける小僧のようにも見えた。

今になって考えてみれば、あの時、既に師は終わりを予見していたのかもしれない。

平吉は足下にある鍾馗の短剣を拾い上げた。

生温い血の香りに胸が締め付けられる。握り締めれば、自身に何かが流れ込んでくるようだ。

「お師匠。確かに、受け取りました」

鍾馗の短剣を、何より貴方の想いをここに継いだ。

一筋の涙が零れる。

大の男が情けないと思いながらも拭うことはしなかった。これからは自分が秋津染吾郎になる。平吉として泣けるのは今日が最後だ。だから涙を拭うこともしなかった。今だけは師の背中を追っていた生意気な小僧として、その死を悼んでいたかった。

目を閉じて最後の涙を押し流す。瞼《まぶた》の裏に映し出されるのは懐かしい記憶だ。平吉はかつての騒がしい日々を思い起こしながらただ立ち尽くす。

それからどれくらいの時間が経っただろうか。

「宇津木さん」

その場に似合わない涼やかな声に顔を上げる。思わず驚きに目を見開いた。いつの間に訪れたのか、そこにはこの二年で随分と親しくなった顔があった。

「東、菊？」

長い黒髪の鬼女は、どこか疲れたような微笑みを浮かべながら平吉の前に立っていた。

何故ここに。いきなりすぎて頭が追い付いてこない。戸惑いをよそに東菊はゆっくりと近付いてくる。いつもなら照れて身を離したかもしれないが動けなかった。

「目が赤いけれど、泣いていたの？」

東菊は気遣わしげに上目遣いでこちらを見る。彼女の方こそ泣きそうで、離れようと思えなかった。

「いや、そないなことは」

東菊の態度はあまりに普通だ。辺りには鬼との戦いの名残があり、鬼そばの玄関も見事に壊れている。そもそもまだ鬼の死骸も完全に消え去ってはいない。なのに東菊はなんの反応も見せなかった。不可解な振る舞いと鬼女であるという事実が、嫌な推測を導き出してしまう。

おまえ、まさか。

平吉は身構えたが、退くことも攻撃に転じることもできなかった。

余裕はあったが同時に積み重ねた余分もあった。彼女が敵である可能性を考慮しながらも、癒しの巫女としての行いが、雑談を交わしながら並んで歩いた日々が反射的な行動を躊躇わせた。何より彼女は本当に心配そうな目でこちらを見ている。そこには平吉がよく知る東菊の優しさがあり、だからこそ一瞬の戸惑いが身動きを封じる。

その間隙を突くように、東菊はしなやかな指を伸ばした。

「ごめんなさい」

そっと優しく平吉の頬に触れ、そこで記憶は途切れた。

◇

時を少し遡り、マガツメの屋敷で甚夜は鬼どもを相手取っていた。

踏み込み、横薙ぎで首を落とす。

死骸は消えるが血は残る。おびただしい程の赤色と濃密な鉄錆《てつさび》の香りが座敷を満たしていた。鬼であっても血は人と変わらない。本当は、鬼も人も差異などないのかもしれない。

過った感傷を振るう刀で薙ぎ払い、鬼の心臓を貫き頭蓋を叩き割る。

『何匹目、だったでしょうか』

兼臣の声に合わせてもう一匹鬼を斬り、伸ばした腕が不自然な動きで跳ね上がり、有り得ない力強さで刀を返す。

〈御影《みかげ》〉――妖刀夜刀守兼臣が有する、動かない肉体を傀儡《かいらい》とする異能だ。孤軍奮闘の隙を潰すために、甚夜はこの異能を駆使して物理的に不可能な動きを可能にしていた。

「知らん」

二十を超えた辺りで数えるのは止めた。おそらくは死体を弄り生み出された存在なのだろう。並みの鬼ではない上に数も多く、どれだけ斬っても怯まず立ち塞がる。時間稼ぎと分かっていながら甚夜は鬼どもを振り払えずにいた。

戦わず逃げることも考え、実際〈疾駆〉や〈隠行〉を試したが失敗した。

数多の鬼の中には尋常ではない速度で動くもの、見えないはずなのにこちらを察知する鬼もいた。この屋敷にいる鬼は、甚夜の現在の能力に合わせて初めから足止めのために造られているらしい。

甚夜はひたすらに刀を振るい、鬼を斬り伏せる。焦りはあるが動揺はなかった。

今の甚夜には遠い昔には持ち得なかった力がある。鍛錬で得た技でも鬼を喰らい奪った異能でもない。憎しみに囚われた愚かな男を案じて手を貸してくれる者達がいるのだ。あの師弟を信じればこそ、窮地であっても現状の打破にのみ専心できた。

「兼臣、悪いな。無茶に付き合わせる」

『夫の無茶を支える。まさしく妻の役割でしょう』

「言っていろ」

自然と口の端が吊り上がる。

滑るように鬼の懐へ潜り込み、左肩からぶつかる全霊の当て身。怯み生まれた隙間を埋めるように夜刀守兼臣を突き出す。

眼球を貫き、血払いから休む間もなく次の鬼を斬る。荒れ放題の庭にも血の色が染みつく頃、甚夜は奇妙なことに気付いた。

『旦那様』

「ああ」

先程までは雪崩《なだれ》のように攻めてきた鬼どもの動きが鈍っている。まるで攻撃を躊躇っているようだ。こちらから仕掛ければ応戦はするが、やはりどこかぎこちない。加えて目に見えて鬼の数が減っていく。倒したのではなく散り散りに逃げ出しているのだ。

程なくして全ての鬼が消え去り、屋敷には甚夜だけが残された。

状況の変化に疑問はあるが時間はなく、急ぎこの場を後にする。屋敷を離れてしばらく進んだところで薄暗い道に小さな影を見つけた。

「おじさま、お待ちしておりました」

「向日葵」

丁寧に頭を下げた後、にこやかに軽く手を振る様子はやはりあどけない女童でしかない。本質が鬼だと知っていてもやりにくい相手だ。何故ここにいるのか、そう視線で問い掛ければ何故か嬉しそうにしている。

「様子を見に来ました」

「そうか。残念だが、この通りまだ生きている」

「言い方が意地悪です」

頬を膨らませる仕種がいつかの面影と重なる。話していると妙な心地になるのは、この娘が過去の鈴音に似ているせいだろう。

拗ねてみせた向日葵はすっと脇に寄り道を空ける。甚夜が疑いの目を向けてもゆったりとした態度を崩さなかった。

「どうぞ、行ってください」

一度深く息を吐き、向日葵は穏やかに微笑む。夏の花の鮮やかさではなく、秋を彩る柔らかな色だ。

待ち伏せかと思えば奇妙なくらい柔らかな応対をしてくる。ちぐはぐな鬼女の振る舞いに警戒心は否応《いやおう》なく高まった。

「なんのつもりだ。鬼を引かせたのもお前だろう」

当たりを付けて強く詰問すると、向日葵は視線を泳がせて困ったような曖昧な顔で微《かす》かに俯く。微笑みと呼ぶには陰りが強すぎる、どこか引け目を感じている表情だった。

「もう、意味がありませんから」

自然すぎて聞き逃してしまいそうな、さり気ない呟きに思考を奪われた。その意を問おうとしても声が出ず、全身の筋肉が強張って動けない。

「私の名前は向日葵。力の名も〈向日葵《ひまわり》〉。私の目はあなただけを見つめる。設定した対象への遠隔視、千里眼が私の力です」

実年齢はともかくとして向日葵の容姿は八歳の娘だ。しかし今の彼女は幼い容貌には似つかわしくない、大人びた憂いをまとっていた。

「だから遠く離れていても見えるのです。この夜のうちにしたかったことは、すべて終わりました」

マガツメの目的が野茉莉であることは読めていた。だからこそ染吾郎と平吉が護衛を買って出てくれたのだ。その上で目的を果たしたと言うのなら——無表情を取り繕うが、内心は冷静とは程遠い。

「私は母が大好きです。願いを叶えてあげたい。ですから謝ることはできません。ただ、おじさまを慕ってもいますから」

泣き出しそうな笑みに胸を締め付けられる。

これくらいなら母に許してもらえるだろう、飲み込んだ言葉はそんなところか。

鈴音の企《たくら》みが行き着く先を向日葵は知っているのだろう。この娘は母が目指す場所と甚夜の安寧が両立し得ないと理解してしまっている。憂愁を帯びた目は、自身の感情と役目をうまく処理できないからなのかもしれない。

「野茉莉さんなら無事ですよ。初めから命を奪う気はなかったので。ですが秋津さんは別です」

向日葵が笑顔を作る。そこにあるのもまた彼女の優しさで、しかしその気遣いこそが甚夜を追い詰めていく。

「この先で、母は秋津さんと戦いました。今なら末期には立ち合えるかもしれません」

そこで限界だった。鬼どもの奇襲を警戒することも忘れ、甚夜は走り出していた。

◆

夜は寒い。

いや、寒く感じるのは血を失ったせいだろうか。

秋津染吾郎は近付く死を自覚する。

鬱蒼《うっそう》とした森の中で独り、太い木の幹にもたれ掛かる。

奇跡などない。間違いなく疑いようなく、自分はここで最期を迎える。

「まっとうな死に方なんて、できるとは思ってへんかった」

曲がりなりにも鬼を討つ者だ。他の命を奪う男が寝床で死ねるとは考えておらず、だから妻を迎えることもしなかった。一人で生きて一人で死ぬ。そういう生き方が似合いだと思っていた。

「せやけど、やっぱ寂しいもんやなぁ」

つぅ、と口元から血が一筋垂れる。

臓器が潰れているせいだ。血を吐きすぎて、口の中は鉄錆の味しかしない。

それも仕方がない。今まで殺してきた鬼はもっと無惨に死んでいった。形が残っているだけでもありがたいと思わねばならない。

死はとうに受け入れている。ただ気掛かりなのは周りのこと、なにより弟子の安否だ。平吉は無事だろうか。犬神は辿り着けたか、ちゃんと遺志は伝わっただろうか。伝わったのなら寂しく死んでいく身にもまだ救いはある。多少の未練はあっても、安心して眠ることができる。

ああ、体が重い。

瞼《まぶた》も段々と落ちてきたが必死に耐える。きっとこのまま目を瞑れば、二度と目覚めることはないだろう。もう少しだけ景色を眺めていたかった。

星のない夜。雲は少し晴れ、覗く朧月。木々の鳴く音が逆に静けさを強調する。

霞んだ目でぼんやりと虚空を眺める。

ここらが限界だ。体の感覚は既になくなっていた。

まあ、こんなものだろう。素晴らしいとまでは言わないが納得のできる人生だった。幸せな家庭とは縁がなかったが、実の子のようにかわいい弟子を持った。加えて愚痴り合いながら酒を呑む友人も得られたのだ、そう悪いものでもなかった。

職人として退魔として忙しい人生だった。そろそろ休んでも文句は言われまい。そう思えば、ゆっくりと瞼は落ちてくる。

「染吾郎」

聞こえた声に思い直した。やはり、あと少しだけ頑張ろうか。

マガツメは結局止《とど》めを刺しては行かなかった。刺さずとも死ぬからか、それとも何か企みがあったのか。あるいは単なる気まぐれだったのかもしれない。意図は読めないが今は感謝しよう。おかげで今際《いまわ》の際《きわ》に、親友の顔を見ることができた。

「おぉ、甚夜。あはは、すまんなぁ。下手ぁ打ったわ」

甚夜は何も言わず立ち尽くしていた。

わずかに歪んだ表情には後悔が滲んでいる。大方、染吾郎を殺したのは自分だなどと、見当はずれの罪悪感を抱いているのだろう。

「戦いは素人やけど強かったわ。能力は治癒と、ようわからん蟲の腕。マガツメは、ほんまに人でも鬼でもない何か、鬼神に為ろうとしてる」

駆け寄って抱き起こすような真似をしないのは、おそらく一目見た時点で分かったからだ。もはや何をしても助からないと察して甚夜は動かない。本当は、動けなかったのかもしれなかった。

「すまない、染吾郎」

軋《きし》むような嘆きだった。奥歯を強く噛み締め、湧き上がる感情を隠そうともしない。

「私が、お前を、巻き込んだ」

絞り出すような声にいつもの強さはない。不謹慎だと思いながらも染吾郎は軽く笑った。うな垂れる様が申しわけなく、同時にありがたくも思う。こいつは悲しんでくれている。友人との別れに怯え、それ故に立ち尽くしていた。

野垂れ死にがせいぜいだと思っていたのだ、自分のために悲しんでくれる誰かがいることがたまらなく嬉しかった。

「何故、私は大切な者をこそ守れない。いつも、いつもだ」

「あほなこと言いなや。僕は、僕の意思で戦って負けたんや。君の責任なんぞ、どこにもないわ」

「だが。すまな」

「謝んな。頼むから、謝らんといてくれ」

残された力を振り絞り、ぴしゃりと言い放つ。思ったよりも語調が強かったらしい。ようやく甚夜は顔を上げてくれた。

「そら、ちょっとばかし届かなんだ。せやけど僕は友人のために、体張ったんや。ちっぽけな意地かもしれんけど、冥土に持ってくには十分すぎる誇りや。そいつを奪わんといてくれ」

お前がこんな老いぼれの命を背負うことはないと、穏やかに笑う。

「せやから、はよ行け。こんなとこで突っ立ってる暇ないやろ」

野茉莉の危機を匂わせても甚夜は離れようとせず、苦しそうに表情を歪めた。

「はは、鬼の目にも、涙やなぁ」

染吾郎は笑ったつもりだった。だが、もう顔の筋肉はほとんど動かない。声も無理矢理に絞り出したが掠れ切っている。

「誰が泣いた」

「君がや。一人になるんが怖くて怖くて、迷子みたく泣いてる」

甚夜の肩が小さく揺れた。数多の怪異を真っ向から斬り捨ててきた男が恐怖に足を竦ませている。数えきれない程の命を奪いながら、ただ一人の死にこうも怯える。

だとすれば拭ってやらないといけない。

「なぁ甚夜、人って案外しぶといで」

染吾郎は脆く壊れようとしている体で強がってみせる。

「僕はもう終わりやけど、続くものがある。僕は僕のやるべきことをやった。これでも結構満足してるんよ」

鬼の目にはこの終わりがどう映っているのだろうか。できれば見事な死に様だったと、長く覚えていてもらえるとありがたいのだが。

「悲しまんでええ。今度は君が、やるべきことをやらな。ここで僕の死を看取るなんて無様な真似、晒さんといてくれ」

硬くなった頬を精一杯動かす。うまく笑みは作れなかったがちゃんと伝えられたと思う。

甚夜は俯いたままだったが背を向けた。そして顔を上げ、前をしっかりと見てくれた。

「おい、染吾郎」

揺らぎのない鉄の声が耳に優しく届く。彼の決意が背中越しに読み取れた。

消えてしまいそうな意識を必死で繋ぎ留め、染吾郎はおどけて返した。

「おう、なんや親友」

「ありがとう。お前と酌み交わした酒は悪くなかったぞ」

「そんなん、僕もや」

何に対する礼なのか、甚夜自身にもよく分かっていないようだった。きっと伝える機会がなかっただけで、いつも礼を言いたかったのだと思う。染吾郎も同じ気持ちだった。

最後に妙な意地を張らず、素直に礼を言えた自分を褒めてやりたい。

わずかな沈黙の後、甚夜が一歩を踏み出した。

「さらばだ。もう逢うこともあるまい」

「あほ、こういう時はいつかまた逢おうって言うもんや」

顔を合わさずに、それでも互いに笑い合う。

ざっ、と土を踏みしめる音を合図に颯爽《さっそう》と、わずかな名残さえ感じさせず甚夜は歩き始める。

染吾郎はほんの少しだけ悔しさを感じた。

これからあの不器用な友人は長い道を歩いて行く。その道行きを共にすることはもうできない。

たとえここで生き残ったとしても人と鬼では寿命が違う。いつまでも友人でいてやることは染吾郎には不可能だ。あいつが辛いと思う時、何の手助けもしてやれない自分が歯痒い。

「人はしぶといで。せやから、またな」

去っていく背中に約束を。

気が遠くなるくらい先の未来でいつかまた逢おうと、一方的な約束を押し付ける。

あの男が歩む道がどこに繋がっているのかは見通せない。同じく秋津染吾郎がこれからどうなるか想像もつかない。けれど願わくは、もう一度笑い合える未来が訪れますように。その時に、あいつの傍にいるのは自分ではないがそれも面白い。もしも道の先で、偶然出会った誰かが秋津染吾郎を名乗った時、あいつはいったいどんな顔をするのだろう。

驚くのか訝しむのか。喜ぶだろうか。喜び過ぎて涙を流すかもしれない。

いずれ訪れる小さな奇跡を夢想しながら染吾郎は笑う。

かくんと頭が揺れた。

眠くなってきた。少し頑張りすぎたようだ。

最後の力を振り絞って顔を上げる。

背中はもう見えない。立ち止まらずに甚夜は歩いて行った。ならばきっともう一度逢える。あいつが歩みを止めないのなら、秋津染吾郎が絶えずあり続けられたのなら、いつか道が重なり合うこともあるだろう。そのいつかを心待ちにして、染吾郎はそっと瞼を閉じた。

ざあ、と風が鳴く。

沈み込むような夜空の下、染吾郎は木の幹に背を預けたまま座っていた。その姿は本当に穏やかで、心地よい風の中でうたた寝をしているようにすら見えるけれど彼の目は二度と開かない。

微睡《まどろ》みに揺蕩《たゆた》い、見果てぬ未来を想いながら秋津染吾郎は息絶えた。

瞼の裏に映したのは再会の日だ。

うまく表情を作れずに歪んだ顔は、それでもどこか楽しそうだった。

◇

空が白みかけた頃、ようやく甚夜は鬼そばに戻ることができた。

遠目からでも店の玄関が壊されているのだと分かる。焦燥に足を速めて、辿り着いた店先で見た光景に毒気を抜かれた。

「おう、あんたか」

壊れた玄関の前で平吉が座り込んでいる。彼は眠そうに欠伸《あくび》を一つして立ち上がると、固まった体をほぐし始めた。

「鬼、結局一匹来ただけやった。野茉莉さんなら、まだ中で寝てる」

最悪の事態を危惧《きぐ》していたが野茉莉は無事のようだ。

礼を言おうと平吉の顔を見て、声を出せなくなった。

ちゃんと笑えているつもりだったのだろう。しかし平吉の目は少し赤く、右手には鍾馗の短剣を握り締めていた。おそらく既に染吾郎の死を知っている。その上で何でもないように振る舞っているのだ。

「言っとくけど、あんたのことは憎んでへんからな」

目を逸《そ》らしたまま投げ捨てるように平吉はそう言った。

「お師匠は、最初からこうなることが分かってて戦った。恨むのは筋違いや」

敬愛する師を失い含むところがあるはずなのに、彼は甚夜を責めなかった。それでもまっすぐ向き合えないところに複雑な心境が表れている。

「せやけど整理し切れてるわけでもない。あんまり、そこには触れんといてくれ」

できる限りの譲歩だというように平吉は背を向ける。

やり場のない苛立ちを抱えているのが分かるのに、巻き込んだ負い目から甚夜はそれ以上踏み込めなかった。

「分かった」

染吾郎の死をうまく割り切れないのは甚夜も同じであり、言葉少なく二人は店に入った。

壊れているのは玄関のみで店内は荒らされていない。確認もそこそこに店の奥へ進み、部屋の障子を静かに開ける。

野茉莉は外での騒ぎに気付かずよく眠っているようだった。しばらく寝顔を見ていたかったが、起こしてしまっては可哀想だ。音を立てないよう静かに障子を閉め、店に戻るとすぐさま頭を下げた。

「感謝する。よくぞ野茉莉を守ってくれた」

「ちょ、やめぇや。別にあんただけのためとちゃうねんから」

「しかし」

「ええから。あんまり礼とか言わんといてくれ。なんや居たたまれへん」

実際手を貸してくれたのは野茉莉の存在があってこそだろう。惚れた女の危機を見捨てられなかったというのが理由の大半のはずだ。しかし父親としては、娘のためにそこまで体を張ってくれたこと自体が嬉しかった。

「なんや」

「いや、お前達を頼ってよかったと心から思っただけだ」

「ちょっとは隠せや、恥ずかしい奴やな!?」

平吉の反応がいつも通りだったため、甚夜もようやく肩の力を抜けた。

ふと目が合い、もう一度ぎこちなく笑い合う。まだわだかまりは残っているが、多少空気が柔らかくなった。

そうこうしていると店の奥で微かな物音が聞こえた。どうやら野茉莉が目を覚ましたらしい。

「起きたみたいやな」

平吉の表情があからさまに明るくなった。好意を隠すのが下手なくせして、決定的な言葉は口にできない。唯一こういう所だけは頼りないと思ってしまう。もしも平吉がそのつもりなら、親として認めてやろうと思っているのだが。

そんなことを考えていると朝の寒さに肩を抱きしめ、覗き込むように野茉莉が顔を出した。

「野茉莉さん」

片手を軽く上げて、何気ない風を装い平吉が挨拶をする。そこに至るまでの態度を見ているだけに甚夜は小さく溜息を吐いた。

「あら、平吉さん？」

野茉莉は寝間着のまま着替えてもいなかった。その格好をはしたないと思ったのか、どこか居心地悪そうにしている。

昨夜は甚夜が帰れないため、平吉に留守を任せるとだけ伝えておいた。結果、野茉莉は何事もなく夜を過ごしただけで鬼との戦いがあったことさえ知らなかった。

「すんまへん、うるさかったか？　喋《しゃべ》ってたら、ついな」

平吉が親指で甚夜を指し示せば、野茉莉は意外なものでも見るように目を見開いた。

「え？」

久しぶりに見る無防備な反応に頬が緩む。

「野茉莉、戻ったぞ」

娘の特に変わったところのない様子に、甚夜は安堵の息を漏らした。

「あの、どなた、ですか？」

こうして夕間暮れは過ぎ、また夜が訪れる。

君を想う

1

甚夜は阿呆のように口を開けて固まった。

耳に入ったはずの言葉をうまく認識できない。目の前には、わずかな怯《おび》えを滲《にじ》ませる野茉莉の姿がある。普段から父を慕っている彼女が初めて見せる表情は、発した疑問が真実だと雄弁に告げていた。

「の、野茉莉、さん？　自分の父親にそんな冗談、ちょっと悪趣味やろ」

硬直して何も返せない甚夜より先に平吉が口を開いた。彼にとっても野茉莉の発言は信じられないものだったようだ。

「父、親？」

ぼんやりとした、感情の乗らない声だった。初めて聞いたとでも言わんばかりの表情は、とてもではないが演技には思えない。

現世にはびこる奇怪な現象など飽きるほど見てきた。どれほど突飛でもあやかしが関わっているのなら常識は通用しないと知っているからこそ不安は膨れ上がる。

「いつっ、あ」

「野茉莉っ」

立ち眩《くら》みを起こしたように野茉莉の体が揺れた。甚夜は咄嗟《とっさ》に手を伸ばし、崩れ落ちそうになる寸前で支える。抵抗されるかもしれない、そう考えた自分を情けなく思う。けれど手は離さない。野茉莉も振り払うような真似はしなかった。こちらを見上げるが焦点は合わず、たどたどしく唇を震わせる。

「父、親。あれ、とう、さま？」

その呼び方に、甚夜は気付かれないほどかすかな吐息を漏らした。強張《こわば》っていた全身の筋肉がほぐれていく。野茉莉は体調こそ悪そうではあるが、ちゃんと父のことを認識して今も腕の中にいてくれる。

「ご、ごめん、なさいっ。ぼうっと、して……」

「いいから喋《しゃべ》るな。調子が悪いならもう少し寝ていた方が」

「いえ、大丈夫、です。今食事の準備をしますね」

ぎこちないながらも笑顔で返し、するりと腕から離れていく。

足取りは普段通りで、体も揺れていない。だが、顔色は悪くまだ本調子ではないようだ。できれば休んでほしいが、頑固なところがある娘は聞き入れてくれなかった。

「分かった。だが、何かあったらすぐに言ってくれ」

「父様、そう心配しないでください」

甚夜はひとまず胸をなでおろしたが、先程の様子を寝ぼけていたで済ませる気にはなれない。

小さく息を吐き、台所に向かう野茉莉を見送る。

ふと視線を横に向ければ、平吉が暗い顔をしていることに気付いた。野茉莉の方をじっと眺め、時折辛《つら》そうに口元を歪《ゆが》めていた。

「どうした」

「へ？」

見られていることに気付かなかったらしく、びくりと肩を震わせる。あちらこちらに目を泳がせ、外の方を見てから平吉はにへらと笑った。

「なんや、一雨きそうやなと思って」

分かりやすい誤魔化しだったが問い詰めはしなかった。悪意から隠し事をするとは思えないし、無遠慮に聞き出そうとしても頑《かたく》なになるだけだ。話を切り上げて、甚夜は居間へと向かう。

「……名前を、忘れる？　まさか、な」

平吉は誰にも聞こえない声でそう呟いた。


朝食時には雨が降り出していた。

壊れた玄関の片付けを後回しにして、三人は居間で食卓を囲む。

漬物を頬張り、白飯をかっ込む。味噌汁は豆腐、副菜には煮豆が添えられている。簡素だが手抜きのない丁寧な食事だ。

「はぁ、旨かった」

乱雑に茶碗を置き、平吉は満足そうに一息吐いた。

昨夜から緊張が続いていた甚夜も、腹に物を入れたことで少しは落ち着いた。事態が解決したわけではないが、とりあえずの無事と休息を得られたのは幸いだった。

「昨日はよう動いたからなぁ。飯が旨いわ。ま、まぁ野茉莉さんの作る飯はいつ食っても旨いけどな！」

慌てたように付け加える平吉の顔が赤くなっている。どうも素直に褒めるという行為が恥ずかしいらしい。幼い頃から変わらない部分を見ると微笑ましい気持ちになり、それだけに染吾郎のいない食卓を重苦しく感じてしまう。

「お粗末様でした。お茶のお代わりをどうぞ」

「お、悪いなぁ」

平吉がやけに明るく振る舞うのも同じ理由かもしれない。今朝は用事があって染吾郎は出かけている。そう説明したのは野茉莉に心配をかけたくないためだが、彼が平気なふりを続けるために必要なことでもあったのだろう。

「はい、父様も」

「すまんな」

平吉の心情を察して下手糞な演技に気付いていても素知らぬ顔をする。人のことを言える立場ではなかった。

「野茉莉さん、ほんまに料理上手なったなぁ」

「ふふ、努力しましたから」

野茉莉が舌を出して照れくさそうに笑う。もう二十歳になったというのに、幼かった頃のような仕種《しぐさ》だ。

「なんといっても、教えてくれたのは……」

言いかけて、またも野茉莉の体が揺れた。甚夜は手を伸ばそうとしたが、今度は支えられなかった。一瞬だがこちらを見る目には怯えが宿っていた。

「あれ、料理を教えて、もらった。そのはずなのに、なんで？」

体勢を崩して胡乱《うろん》とした目で何事かを呟いている。その様は今まで見たことがないほどに憔《しょう》悴《すい》しきっていた。

「野茉莉、やはり少し休め」

怯えられてもいい。甚夜は野茉莉を抱きかかえ寝所へと向かう。何も言わず素直に従ったというよりは動く気力がないのだろう。完全に体を預けながらも震えは止まっていなかった。

「とう、さま」

青ざめた愛娘の瞳は恐怖に染まっている。縋《すが》るような声はまるで細い糸のようだ。するりと手からすり抜けていきそうなくらい頼りない。

「とう、さま、だよね？　私の父親で。ずっと一緒に暮らして、家事も教えてくれた」

そっと伸ばされた白く細い指先が、何も掴めずただ小刻みに揺れている。腕の中にいるはずなのに遠く感じるのは何故だろう。縮こまる野茉莉を少しでも安心させようとできるだけゆっくりと穏やかに話しかける。

「どうした」

「分からないの。ずっと一緒に暮らしてきたのに、貴方の名前が、思い出せない……！」

堰《せき》を切って流れる感情に甚夜は何も言えなくなった。

時間が経って落ち着くどころか起き抜けよりもひどくなっている。

「どうして私……怖い、父様」

「いいから、落ち着け」

「でもっ」

それ以上言わせないように、野茉莉を抱き寄せ胸元へ押し付ける。当然、甚夜自身にも困惑や恐怖があった。愛娘の異変を前に冷静でいられるはずがなく、しかし揺らぎそうな心を必死に抑え付ける。

「まずは休め、それからだ」

「……うん」

完全に納得したわけではないだろうが野茉莉はおずおずと従った。

さっき起きたばかりだ、布団に寝かせてやっても眠れないようだ。しかし現状から逃げるように布団を頭から被っている。

「他にも、何か思い出せないことはあるか」

答えは返ってこない。まともに答えられる状態ではないし、何より何を忘れているかと聞くのは問いとしておかしい。ただ何も言わなかったことで、混乱程度ではなく明らかに記憶が失われていると確認できた。

その後も何度か声を掛けたが、返ってくるのは意味のない繰り言か沈黙のみ。何の情報も得られず、質問をやめてゆっくりと愛娘の頭を撫《な》でる。

「取りあえず休んでおけ」

小さく頷き、野茉莉は髪をまとめていたリボンをほどく。それを手にして見詰めると途中で動きが止まった。

「これ」

懐かしそうにぽつりと呟けば、表情から怯えが消えた。

「このリボン、父様が前に買ってくれた、よね？」

縋るような目が痛ましく、何もできない自分が歯痒《はがゆ》い。顔に出ないのは積み重ねた歳月のせいだろう。しかし今はありがたい。娘を安心させるためにも、心の内は隠したままの方がいい。

「ああ、そうだ」

「よかった。ちゃんと覚えている。だから、それが嬉しくて」

野茉莉は手の中にある、小さな思い出を愛おしそうに眺めている。だからこそ次いで口から出た言葉が、鋭い刃物のように胸を刺した。

「朝顔《あさがお》さんがいた頃だったよね、確か。父様が浴衣《ゆかた》を買いにつれていってくれたの」

野茉莉が今つけているリボンは朝顔との一件の後、甚夜と一緒に買い換えたものだ。つまり野茉莉は新しい方の記憶を失くしている。もしかしたら思った以上に時間はないのかもしれない。

掛ける言葉を失った甚夜は、野茉莉が眠ったのを確認してから寝所を後にした。

雨が強くなった。

遠く聞こえる雨音に耳を傾けるが、清澄な響きに心が落ち着くことはない。

甚夜が店内に戻ると、椅子に座り落ち着きのない様子で膝を揺らしていた平吉が駆け寄ってきた。

「の、野茉莉さん、どうやった?」

上ずった声にどれだけ心配していたのかが分かる。親として嬉しく思うが、残念ながらいい報告は返してやれない。

「私の名前を思い出せないだけではなく、所々記憶が抜け落ちているようだ」

「そ、か。あ、医者! 医者に診せたら!」

喋っている途中で意味がないと気付いたらしく、苦しそうに黙り込む。成長したとはいえ平吉はまだ若い。大切な者が怪異に巻き込まれて浮足立っている。

「意味はない。何より原因なら分かっているだろう」

「そう、やな」

甚夜の脳裏には、愛しくも憎々しい妹が映し出されている。鈴音は野茉莉を狙うと言っていた。記憶の欠落がその一環であり、それがマガツメの配下、あるいは娘達の持つ異能によるものだとは容易に想像がついた。

「記憶の欠落、いや忘却か。朝よりも進んでいる。おそらくは時間と共に全て、いや、私に関する記憶を忘れるのだろう。中々に性質《たち》が悪い」

「やっぱり、そうなんか」

反応を見るに、彼もある程度推測していたようだ。

甚夜を父親と認識できた以上、まだ完全に消えたわけではない。しかし野茉莉は今髪につけているリボンを見て「朝顔がいた頃に買った」と言った。父の名を忘れているのに朝顔は覚えており、平吉を見ても動揺はなかった。つまり野茉莉の記憶は、ただ単に消えたのではない。甚夜を優先して忘れているのだ。

だとすればマガツメの狙いは野茉莉ではない。あの娘の記憶を奪い、甚夜を追い詰めようとしている。やはり幼かった鈴音はもうどこにもいないのだと思い知らされて、甚夜は知らず唇を噛んだ。

「あんた、えらい落ち着いてんな」

「野茉莉を想えばこそ冷静になるべきだろう。あいつに教えてもらったことだがな」

焦りで判断を間違えるわけにはいかない。表面を取り繕い、一度深く息を吸い方針をはっきりと口にする。

「為すべきは明確だ。忘却の力を有した鬼を探し出す」

声が冷たくなった自覚はあった。マガツメに繋がる手がかりとして、何より野茉莉を救うためにも避けては通れない相手だ。

「み、見つけたからって、どうにかなるんか？　そら力の持ち主なら治せるかも知れんけど、そいつが治す義理なんて」

殺気が漏れていたのかもしれない。びくりと身を震わせた平吉は、まごついて途切れ途切れに問う。

逆に甚夜には気負いがない。どう対処するかは既に決まっている。後は実行するだけだ。

「喰《く》えばいい」

「……え？」

完全に意識の外だったのか、間の抜けた反応だった。意味を飲み込めないというよりは理解したくなかったのかもしれない。平吉は呆けたように大口を開けている。

おそらく平吉は野茉莉を救うには忘却の鬼を倒すか、説得して異能を解除させなければいけないと考えていたのだろう。しかし甚夜にとってはその必要がない。

「いかな鬼でも殺して喰えば力を奪える。それが一番手っ取り早い」

鬼を喰らう異形《いぎょう》の腕で取り込みさえすれば、記憶も異能も我が物にできるのだ。唯一の懸念は、相手がマガツメの娘だった場合に力の劣化が起こる点だ。もっともその状況では協力も説得も見込めないのだから、どのみち喰う以外の選択はない。

何かを訴えるような平吉の視線に気付きながらも無視をした。悪辣な手だとは思うが、野茉莉のためならば外道《げどう》と誹《そし》られようが構わなかった。

少し間があって平吉が口を開きかけたが、そこで重くなっていた空気が場違いな叫びにかき消された。

「って、なんじゃこりゃ⁉」

壊れた玄関を見て様子を窺いに来てくれたのだろう。三橋豊繁がぐちゃぐちゃになっている店を見て唖然《あぜん》としていた。

「おお、常連さん」

豊繁は店内に甚夜らを見つけると、軽く手を上げて近寄ってきた。ただし声をかけたのは、甚夜ではなく平吉の方だったようだ。

「三橋殿」

「ん、あんたは。お、おお。葛野さん、どうしてんこの惨状は。性質の悪い客が暴れでもしたんか？」

「私を覚えているのか？」

「は？　いや、そらお隣さんの顔くらい覚えてるやろ。いや、なんか若なってへんか」

濁した言葉に〈空言〉による年齢の偽装をしていなかったと気付く。それとは別に豊繁の何気ない言動に甚夜の胸中は波立った。

偽装といっても皺《しわ》を増やした程度で大きな変化はない。反応が遅れたのは印象が違っていたせいではなく、単純に思い出せなかったのだろう。今は記憶を失っていないだけで兆候は表れていた。

「な、なあ、おい」

「分かっている。思ったよりも、私には時間がない」

ただ、多少腑に落ちない点もある。甚夜と関わりのある者全ての記憶を消せば、今まで通りの生活は送れなくなる。マガツメの狙いは憎い兄の居場所を奪うことだと推測できる。実際に愛娘と隣人の記憶が少しずつ薄れているのだから、大きく外れてはいないはずだ。

では、何故平吉には異常が見られないのか。

甚夜にとって野茉莉は別格であり、一番の痛手となるのは間違いない。その次を考えれば秋津の師弟になる。染吾郎の命を奪ったからにはマガツメも重々承知の上、にもかかわらず平吉が記憶を消されず見逃されているのは不可解だった。

「なんやよう分からへんけど。どういうことや？」

話に付いて行けていない豊繁は、頭をぼりぼりと掻きながら困った様子で立ち尽くしていた。

詳しい内容は話せないため何も言えずにいると、平吉が先に口を開いた。

「俺、そろそろ行くわ」

何気なく振る舞いたかったようだが、細かな所作に切羽詰まった内心が読み取れてしまう。

「野茉莉さんほっといてお喋りなんてしてるんもあれやしな。心当たり回ってみる」

笑ったつもりだったのだろうか。引き攣《つ》ったように口角を吊り上げ、言い捨てた後は振り返らずに店を出て行く。雨の中を走る後ろ姿から伝わってくる気配は強張っていて、呼び止められなかった。

「なんか、あったんか？」

その背中が見えなくなってから豊繁は所在なさげに零《こぼ》した。状況は分からなくとも、平吉の態度にただ事ではないと察したのだろう。

「いや」

平吉が去っていった方を甚夜はただ眺める。

「ま、話せへんのやったらええけどな。せやけど、俺はこれでも懐の広い方やから、気が向いたら話してや。そん時は面倒やなんて言わへんから」

返ってきたのは気の抜けた笑みだ。豊繁の物言いはいかにも軽薄そうである。

それがありがたい。あからさま過ぎる態度の意味を取り違えるほど鈍くはなかった。

「多少のことでは驚かへんよ。あんたが何者かやなんてことも聞いたりせぇへん」

親しい友人というわけではなく、こちらの事情も全く知らない。だというのに甚夜の素の顔を見ても、今までと変わらない接し方をしてくれている。

特別な力はなくとも培ってきた信頼がある。だから短い思案の後、まっすぐに豊繁を見た。

「三橋殿、貴方は以前借りを返してくれると言ったな」

以前、豊繁はあんぱんを作るために甚夜らの助力を乞うた。それに恩義を感じており、何かあったら任せろと言っていた。覚えてくれていたようで彼は躊躇《ためら》わず力強く首を縦に振る。

「おお、勿論《もちろん》や」

「なら済まないが、野茉莉を見ていてくれないか。少し体調を崩しているんだ。生憎《あいにく》と、私はこれから出かけねばならん」

豊繁は意外そうに目を見開く。甚夜がどれだけ娘を大切にしているかは有名だ。そういう男が娘を任せるというのは予想していなかったのだろう。

「いや、そらええけど。あー、俺でええんか？」

「私はそれなりに貴方を信頼しているよ」

「引っかかる言い方やなぁ」

塞《さい》の神の子供を偏見なく受け入れたことといい、適当に見えて懐の深い男だ。何より他愛もない口約束を今でも覚えている律儀さに、彼なら任せられると素直に信じられた。

「まあ、しゃあない。本日三橋屋は休業でございます。絶対うちのに怒られるけど」

おどける豊繁に深く頭を下げて、甚夜は力強く言い切った。

「頼んだ。野茉莉を任せたぞ」

できれば次に会う時にも隣人として話せればいい。

その言葉を飲み込んだのは、予感があったからかもしれなかった。

◇

降りしきる雨の中、平吉は脇目も振らず走る。

想い人が怪異に巻き込まれて、さらに記憶が消えたという事実に冷静な判断ができなくなっていた。甚夜は単純にマガツメの配下が引き起こした怪異だと思っているのだろう。しかし平吉には企《たくら》みを看破できなくとも、直接の原因に心当たりがある。記憶の消去や改変を行使できる鬼女の存在を知っていた。

「頼む、俺の勘違いであってくれ。あいつは、そないなことせぇへん」

これだけ追い詰められた状況でも甚夜に何も教えなかったのは、可能性に縋りたかったからだ。もしも想像通り異変の原因が東菊にあるなら、居場所を突き止められた時点で終わりだ。東菊の性質や心根は考慮されず、無惨に喰い殺される。平吉自身もそれを止められず、野茉莉が助かる選択をしてしまう。

だから走らないといけない。甚夜に知られるよりも早く辿り着き、野茉莉を助けるよう説得する。そうしなければ東菊は死ぬ。それを認められないほど親しくなってしまった。

向かう先は四条通のさらに東。通りから少し外れた場所にある、今では通い慣れた廃寺だ。土産に野茉莉あんぱんを持っていけば子供のように喜んだ。当初の不気味な印象はすぐに消え、鬼女であっても何ら気にせず雑談を交わした。依頼など関係なく、無駄話をするのが楽しくてこの道を歩いていたのかもしれない。

雨が降っていたのは幸いだ、潤んだ瞳を誤魔化せた。

そうして平吉は草木が無造作に生い茂る境内を通り抜け、本堂へ一直線に向かった。

大きな音を立てて、板張りの間に雨に濡れたまま土足で上がり込む。格好を気にする余裕はなく、荒い息のまま前を見据えた。

座敷には癒しの巫女がいる。この数年で近くなった距離を感じさせない、初めて会った頃の彼女だった。

「おう、東菊」

緋袴《ひばかま》に白の羽織、あしらい程度の金細工を身につけている。整った装いは待ち構えていた証拠だ。

「すまん、今日は土産買って来れへんかった」

片手を上げて、気やすい挨拶を演出して見せる。いつものように返して欲しかった。そうすれば座り込んでくだらない冗談を言い合える。ただの東菊として迎えて欲しかった。

「宇津木、さん」

しかし、もう戻れないのだと悟る。

「先に来たのは貴方、かぁ。少し辛いな。二人とも、それだけあの娘が大切なんだね」

もう言い逃れはできない。力のない物言いに平吉は泣きたくなった。

「探していた人が見つかったよ。野茉莉と呼ばれる娘に出会うために私は生まれたの」

聞きたくないが耳を塞げない。何故か目の前が歪んで、東菊の顔がよく見えなかった。

「あの娘の記憶を消す。それがすずちゃん、お母様から与えられた役目」

「なん、で、そんなこと」

「多分、お母様は知りたかった。結局、あの娘にとっては甚太が全てだから」

問うても淡々と乾いた声が零れるだけ。上滑りするような会話に追い詰められる。

「けれど同じくらい知りたくもなかったのだと思う。だから、あの娘に会えば記憶が蘇るようにした。もし会わなかったら、それはそれでよかったんだろうね」

「そうやないっ！　なんでお前が。そんな奴とちゃうやろ⁉」

感情を叩きつけても届かない。東菊は疲れたように溜息を吐いた。

「そういう奴なの。この身はお母様の想いだから。何より知りたかったのは私も同じ。命令に従ったのは、私の意思」

遠くを見るような瞳に平吉は何も言えなくなった。野茉莉の記憶を消した東菊は、間違いなく人に害をなす鬼だ。しかしひどく寂しそうで、下手なことを言えば壊れてしまいそうなくらい儚《はかな》く見えた。

「私は、私達は知りたいの。あの人が何を選ぶのか」

東菊は春の雪のように弱々しく微笑む。

透き通る声音が雨音に紛れて消えた。

2

ざぁ、ざざ。

雑音が聞こえる。

雨の音なのだろうか。ざざ、ざざ、と頭の中で何度も何度も反芻《はんすう》している。

気持ち悪い。時折痛みを伴って、だけどその痛みが過ぎると少しだけすっきりする。

楽にはなったけれど、無性に寂しくもなる。

私は布団で横になったまま、すうっと一筋の涙を流した。

「野茉莉」

寝所に父様がやってきて、寝ている私の頭をくしゃりと撫でた。昔から剣を振っているからだろう。ごつごつとした、豆の上に豆を作った無骨で不器用な手だ。父様の手はあたたかくて気持ちいい。昔からこの手で撫でられるのが好きだった。

ざぁ、ざざ。

なのに、なぜだろうか。今日はそれほど嬉しいとは思わなかった。

「とう、さま？」

「すまない、少し出てくる。留守は三橋殿に任せてある、何かあれば頼れ」

不安で胸が締め付けられる。離れて欲しくなくて、必死になって首を横に振った。

「いやだ」

言ってからほんの少し後悔した。表情こそ変わらないけれど、父様はきっと困っている。だけど頭の中で響いている奇妙な音が怖くて、情けない声を上げてしまう。

「ひとりはやだよ……」

福良《ふくら》雀《すずめ》の見せた蜃気楼《しんきろう》を思い出す。父様が私を娘だと思ってくれているのは知っているけど――ざざ、ざざ――父様が私をどう思っているのかなんて分からないのだから、どうしても不安になる。

「すぐに戻る」

最後にさらりと髪を梳《す》いて父様が離れた。

大きな背中。何度この背中を見送っただろう。

いつものこと、でも今日だけは縋りつくように手を伸ばす。このまま見送ってしまえば、何か大切なものを失くしてしまいそうだ。そう思うのに、声を掛けることはもうできない。

障子の閉まる音が部屋に響く。

それと一緒に、何かが閉じたような気がした。

◆

身支度を整えた甚夜は、後ろ髪を引かれながらも店を出た。

腰には夜来と夜刀守兼臣。慣れ親しんだ重みを指で確かめれば多少は心も落ち着いてくれた。

とはいえ不安や焦燥はやはり消えない。それを感じ取ったのだろう、兼臣は気遣わしげに声を掛けた。

『旦那様……』

記憶の消失は時間と共に進行する。推測はおそらく間違っていない。野茉莉の状態は次第に悪くなっている。甚夜を完全に忘れて他人となり、鈴音が揶揄《やゆ》した通り今までの日々は家族ごっこに貶《おとし》められるのだ。

「正直に言えば、心細くはあるな」

柄にもなく弱音を吐いたのは隣に誰もいなかったからだ。こういう時、いつも隣で染吾郎が茶化すように笑っていた。甚夜が激昂《げっこう》して判断を間違えても冷静に窘《たしな》めてくれた。付喪神《つくもがみ》使いとしての力を別にしても、甚夜は秋津染吾郎という男を頼りにしていた。

「泣き言も言ってられん。時間がない、急ぐぞ」

『ですが、手がかりもなく動いては』

兼臣の指摘は正しく、そこの判断を間違えるほど浮き足立ってもいない。だからこそ静かに甚夜は呟いた。

「仕込みは済んでいる」

『何か心当たりが？』

「私にはない。だが宇津木にはあったようだ。悪いが〈犬神〉につけさせてある」

思っていた以上に冷たい物言いになったのは、親友に対する負い目のせいだ。

「疑ってはいたんだ。癒しの巫女とやらはおそらく……宇津木もそこに思い至った」

探りを入れても不自然なほど接触できない巫女を怪しんではいた。それでも様子見に徹したのは平吉の判断を信じたためだ。だからこの状況を後悔しない。窮地であっても大切なものを信じた結果ならば、悔いることはせずそれを受け入れる。

「喰えばいいとわざわざ目の前で言った。何かしら行動を見せてくれると思ったぞ」

同じようにそれを悪辣とも思わない。娘を救うためならば、たとえ親友の愛弟子であっても利用する。

目を細めて甚夜は雨の向こうを見た。

雨の音は不安を掻き立てる。

◇

朽ち果てた本堂で平吉は巫女と対峙《たいじ》する。

雑音は遠い雨に紛れてしまうのに、彼女の声だけは透き通って聞こえる。耳をくすぐる柔らかな響きを恐ろしいと思ってしまう。

「東菊。お前なら野茉莉さんを治せるやろ？　頼む、助けたってくれ」

必死に抑え付けた感情は野茉莉へ向けられたものか、それとも東菊へのものだったのか。東菊がマガツメの配下ならば、どれだけ頼み込んでも助けは得られない。十二分に理解しながらも懇願する。従ってはいても内心では誰かを傷つけたくないのだろうと、彼女は敵ではないのだと信じていたかった。

「私の力は〈東菊〉。しばしの憩い、そして短い恋。胸を突く痛みを忘れさせる花」

東菊ではなく、初めて会った時の癒しの巫女でもない。砕けた言葉遣いでも冷酷さを感じさせる、悪意を抱く黒髪の鬼女だ。

「あの娘の記憶は夕方頃には完全に消える。安心して、宇津木さんを忘れることはないから」

冗談めかしながら言外に甚夜は別だと匂わせる。

東菊との交友は偶然が重なって得たものだった。初めから懐に潜り込むためだったとは思えない。いや、記憶を忘れていたこと自体が近付くための企みだったのか。混乱する平吉には彼女の真意が読み取れない。

今はただ、隣ではなく正面から向かい合う立ち位置が辛かった。

「消えるのは甚太の記憶だけ。普段の生活でも困ることもない」

師の親友が、その娘が鬼女に苦しめられている。状況を見れば為すべきは明快なのに、どうしても踏み切れない。

「貴方が必死になる理由はどこにもないよ」

東菊の目は何も映していない。目の前にいる平吉を通り越して、見果てぬどこかを眺めている。平吉にとって東菊は癒しの巫女であり、気の置けない友人だ。彼女が何者であるかを知らないただの男では、その目に映る景色が想像できなかった。

「頼む、野茉莉さんを」

「無理だよ」

東菊が泣き笑うように表情を歪ませた。

マガツメの娘である彼女には、与えられた役割から食《は》み出る術《すべ》がないのだろう。記憶を消して甚夜を追い詰める。初めから彼女はそういうものであり、それ以外に価値はないと生まれた瞬間に決められている。感情の乗らない語り口は諦観だったのかもしれない。

「私にも、願いがあるのだから」

けれどその言葉だけは違った。力強いのではなく、決意に溢れているわけでもない。ごく自然に零れたが他とは色が違った。しかし、それを汲み取ってやるだけの余裕が平吉にはなかった。

「しゃれこうべ……！」

左腕を突き出して付喪神を放つ。鉄刀木《たがやさん》の腕輪念珠《ねんじゅ》から生み出された骸骨が東菊を取り囲む。からからと鳴る骨がにじり寄っても、彼女は抵抗する素振りを一切見せない。不気味な骸骨には目もくれず、東菊は静かに平吉を見据えていた。

しゃれこうべは今にも襲い掛かろうと構えている。それでも東菊に怯えはなく、その時点で平吉の目論見《もくろみ》は失敗している。それを知りながらも必死の形相で脅し付ける。

「最後や、治せ。断ったらどうなるか、分かるやろ」

追い詰められているのは、むしろ平吉の方だ。決定的な一言を口にできず、今にも逃げだしそうなくらい体を震わせている。

東菊が目を伏せた。そこに隠された感情を窺い知ることはできないが、続く言葉だけは容易に想像がついた。

「無理と言っているでしょう」

抑揚のない否定と同時に、ぶつりと何かが千切れるような音を平吉は聞いた。

退魔と鬼でありながら、酒を酌み交わす染吾郎と甚夜に憧れていた。東菊と親しくなれた時、彼らに近付けたような気がしていた。けれどいくら考えを改めても鬼を恨み続けていた自分ではうまくいかず、この結末は必然だったのだろう。

「せやったら、俺がお前をっ！」

衝動的に暴言を叩き付けようとするが、言い切るよりも先に冷たい鉄の声を聞いた。

「〈地縛〉」

突如として出現した暴れ狂う鎖が、じゃらじゃらと耳障りな音を響かせてしゃれこうべを薙《な》ぎ払った。汚れた骨が音を立ててへし折れ、宙を舞う。渾身《こんしん》の付喪神はわずか数瞬で全て砕け散っていた。

「宇津木、それは言うな。お前が野茉莉を想ってくれることは素直に感謝している。だが、そこまでしなくていい」

平吉は頭が追い付かず呆然としていた。

腰に二振りの刀を携えた男をよく知っている。けれど助けが来たとは思えなかった。

「そいつは私の役目だ」

堂々とした物言いに息を呑む。平吉は初めて甚夜のことを恐ろしいと感じた。

◆

「あんた、なんでここに」

甚夜は平吉の問いに答えなかった。最初から道案内をさせるつもりだったと、これ以上平吉を追い詰めるような真似はしたくなかった。

視線は巫女へ固定されている。

腰まである艶やかな黒髪をなびかせた細面の娘だ。癒しの巫女は記憶の中にあるいつきひめと寸分たがわぬ姿をしていた。

「白、雪」

名を呼ぶと嬉しそうな、しかしどこか寂しそうな顔をする。郷愁に心が震え、込みあがる熱情を必死に抑える。

「奪い去った頭蓋を使ったか」

動揺を表に出さなかったのは、ある程度予測していたからだ。あの時、鈴音は引き千切った彼女の生首を持って行った。いつかはそういう手で来ると頭の片隅で考えていたからこそ冷静さを取り戻せた。

「お初にお目にかかります、甚太」

己であることにこだわった彼女が別の何かに変質させられている。

白雪は流されるような愛想笑いをしない。いつだって強がって、それでも誰かのために笑う人

コミカライズ版
鬼人幻燈抄
原作：中西モトオ
作画：里見有
1巻は9月に
発売予定！
絶賛制作中!!

江戸から平成まで
鬼と人の
170年を物語る
ますます広がる
鬼人幻燈抄
シリーズの
世界
中西モトオ・著
江戸時代、山間の集落葛野には「いつきひめ」と呼ばれる巫女がいた。よそ者ながら巫女の護衛役を務める青年・甚太は、討伐に赴いた森で、遥か未来を語る不思議な鬼に出会う―― 江戸から平成へ。刀を振るう意味を問い続けながら途方もない時間を旅する鬼人を描いた、和風ファンタジー巨編。
シリーズ既刊 各1430円（本体1300円+税）
1巻 葛野編 水泡の日々
2巻 江戸編 幸福の庭
3巻 江戸編 残雪酔夢
4巻 幕末編 天邪鬼の理
5巻 明治編 徒花
6巻 明治編 夏宵蜃気楼
7巻「明治編 君を想う」6月発売!
文庫1巻発売中!
2巻は9月中旬発売!

だった。心底愛した人の愛した部分を踏み躙《にじ》られた気がした。

「今のお前は東菊だったな」

彼女とは違うのだと明確にするため、敢えて強く東菊と呼ぶ。眼前にいるのはマガツメの娘だ。

そう自身に言い聞かせても、視界に穏やかだった日々がちらつく。

雨の夜に全てを失い、小さなものを手に入れた。

幼かった甚太を救ってくれたものが、今は障害として存在している。

「そう。貴方を覚えてはいるけれど、貴方の知る巫女ではない。過ごした日々も交わした約束も、いつか一緒に見上げた夜空も。私にとっては思い出ではなく知識。それでも、大切なことには変わらない」

矛盾したあり方が彼女に諦観を抱かせているのだろう。

甚太との日々を記憶しており、東菊として生きた。だとしてもマガツメの娘として生まれた以上、彼女は母の思惑から外れることはできない。中核にあるのは東菊の心でも白雪の生き方でもなく、切り捨てられた鈴音の想いだからだ。

「ならば、お前は……いや、止めよう」

甚夜は言おうとした言葉を飲み込んだ。過去に手を伸ばしたところで得られるものなど何もないと知っている。彼女は幸福だった頃の残滓《ざんし》に過ぎない。甚夜には、甚太としてできることなどありはしなかった。

「確認しよう。お前が、野茉莉の記憶を弄《いじ》ったのか」

「ええ。私の異能は〈東菊〉。記憶の消去、及び改変が本質。あの娘の記憶は、夕方頃には全て消える。勿論、甚太に関することだけ」

予想通りだ、動揺する必要もない。

「治す気は」

「わざわざ分かっていることを聞かなくてもいいと思うな」

惚《とぼ》けたような返しに奥歯を噛み締める。

これも分かっていた。鈴音の企みならば撤回するはずがなく、つまり甚夜の選ぶ道は初めから一つしかない。

「ああ、そうか」

重要なのは、野茉莉や他の人間の記憶を奪うこと自体ではない。この状況自体が鈴音の望みだった。

「ねぇ、甚太。知っているよ。貴方の左腕のこと」

そもそも東菊に治させる意味はない。甚夜には鬼を喰らい、その力を我が物とする異形の腕がある。拒否しようとも、異能を奪えば済む話だ。

逆に言えば、かつて愛した人の面影と記憶を持つ彼女を喰わなければ助けられない。

「私は……私達は知りたいの。貴方が何を選ぶのか」

「お前、は」

つまり鈴音は選べと言っている。

「貴方の大切なものは何？」

今か昔か、家族か愛しい人か。

愛情を理由にするのなら、お前が本当に大切だと思うものはなんなのか。

そのために何を切り捨てるのか、今ここで選べと鈴音は突き付けている。

3

葛野において姫は火女《ひめ》である。
その意は火男、ひょっとこの女性形を表す。ひょっとこは本来座敷童《ざしきわらし》と同じで「ただそこにいるだけで富を与える存在」であり、いつきひめに求められたのも富の源泉という象徴性だ。神意に繋がる巫女である以上に、ただ座して崇《あが》められることに価値があった。故にいつきひめは社《やしろ》から出ることを許されない。正体がどうであれ、幸福をもたらす者に出て行かれては没落が始まるからだ。

いつきひめとなった白夜に不満はなかった。母も同じように生きて死んでいった、次は自分の番というだけだ。ただ、それでも白雪は夢を見る。

朝のひと時、布団の中で微睡《まどろ》みながら穏やかな時間を二人で笑う。目を開ければ、ふと差し込む陽射しがまるで子供の悪戯《いたずら》のように肌をくすぐる。それは慕う男と夫婦となり契りを結び、共に年老いていくという幸せな夢だ。

想い合う人の隣にいるという平穏を選べなかったから、夢であっても甚太との暮らしに浸れることが嬉しかった。

『ああ、怖い夢だ。お前がどこかにいってしまう夢だった』
『それが怖い夢なの？』

『私にはそれが一番怖い』

夫になった甚太は、二人が共にいられなかった現実こそが怖い夢なのだと笑う。本当は素直に弱音を吐ける人ではなかった。夢の中での語らいは心地好いのに空々しい。

そういう時は決まって幼かった頃を、微睡みに浸かるような幸福の日々を思い出す。母とは暮らせなかったが父がいて、甚太や鈴音と毎日を過ごした。いつまでも続くとは初めから信じてはいなかったが、白雪にとって特別ではない日常は何よりも大切なものだった。

その気持ちを忘れずにいられたのなら、本当に彼と夫婦となる未来もあったのではないだろうか。そう思ってみても胸を過《よぎ》る空虚は消えない。お互いに自分を曲げられない者同士だ、結局はどこかで衝突して結ばれずに終わったはずだ。せめて眠りの中では重なる手と手が離れないようにそっと力を籠める。

『そうだな……いや違う。本当は、いつだってお前に触れていたかった』

本当は白雪こそがそう願っていた。しかし想いに嘘はなくとも巫女である自分が捨てられなかった。

視界が滲み目の前が朧《おぼろ》に揺らめく。零れる涙にあたたかな夢が急速に覚めていく。終わりを恐れ、縋りつくようにぎこちない笑みを浮かべた。

そうして陽だまりの心地好さに、ゆっくりと彼の方に手を伸ばす。

『貴方は、貴方の為すべきことを』

そこでいつも夢は終わる。

つまり彼女はなんの価値もない女だった。

いつきひめや巫女守《みこもり》といった役割ではなく、ただの二人として年老いていくありきたりな幸福を白雪は心の片隅で願っていた。しかし母の守った葛野のために自分の想いに蓋をした。そうまでして巫女であろうと決めたくせに、何一つ守れなかった。なにより想い人を傷付け、その妹の信頼を切り捨ててしまった。

甚太が己の過ちのせいで悲劇が訪れたと悔やむように、白雪でも白夜でもいられなかった無様な女こそが終わりを招いたのだと彼女は悔いていた。

何一つ為せず死んでいった巫女の無念は、東菊の胸にもまた刻まれている。

そうして彼女は歳月を経て、甚夜と再び出会う。

この対峙はマガツメに従う東菊の思惑であり、同時に白雪の願いでもあった。

◆

昔は白雪と鈴音の三人で手を繋いだ。けれど大切なものを守りたくて刀を手にしたことで、握れる手は一つになった。

思えば、どちらの手を取るかという些細な選択こそが転機だったのかもしれない。

選んだ末路は語るべくもない。全てを失った無様な男が、間違った生き方に身をやつしただけの話だ。

「貴方の大切なものはなに？」

あれから気が遠くなるくらいの歳月が流れて、再び甚夜は岐路に立たされている。

望む望まざるにかかわらず、生涯には選択の時というものがある。本当に大切で、心から守りたいと願うものの中からたった一つを選ばなければならない。たとえ何を選んでも間違いしかないとしても、保留ができない場面は必ず訪れるのだ。

「すずちゃんへの復讐？　それとも今の暮らし？　少しくらいは、私と過ごした日々も想ってくれているのかな」

既に白雪は死んでいる。目の前にいるのは記憶を持っているだけの鬼女に過ぎない。そうと分かっていても理解と納得は違う。同じ姿と声、彼女を別人と断じる程にはまだ割り切れていなかった。

「向日葵姉さまから聞いているよ。〈同化〉、高位の鬼を自分の中に取り込んで異能を奪う力。ただしそれには条件がある」

降りしきる雨の音が本堂に響いている。湿気た空気の中だというのに口内が乾く。甚夜は動けない。突き付けられた選択肢に軽い眩暈《めまい》さえ覚える。

「強く意思の残る鬼を取り込むことはできない。力を奪うためには、まず相手を瀕死の状態まで追い込まないといけない」

指摘は正しい。〈同化〉は他の生物を取り込み我が物とする。鬼の力を喰らうこともできるが、それを為すには条件がある。

〈同化〉によって力を己が身に取り込む時、肉体だけではなく記憶や意識も同時に取り込んでしまう。しかし一つの体に異なる二つの意識は混在できず、無理をすれば肉体の方が耐えきれず自壊する。そのため力を喰らうには、まず意識を弱めるために斬り伏せる必要がある。

「つまり私を斬らないとあの娘は助けられない。これで、貴方が本当に大切だと思うものが分かるね」

東菊を生かすなら野茉莉を見捨てねばならず、野茉莉を助けるには東菊を斬らねばならない。

「貴方は、何を選ぶ？」

それを強いるのが鈴音の望みだ。過去を想うのであれば今など不要と断じろ。今を生かすのであれば過去の全てを切り捨てて見せろ。

鈴音は鬼と人の間で揺れる甚夜に明確な答えを求めている。東菊はその二択を甚夜に強いるための駒に過ぎない。そのために白雪の頭蓋を使った。どこまで馬鹿にすれば気が済むのかと、甚夜は湧き上がる憎悪に奥歯を噛み締める。

「貴方の声で聞かせてほしいな」

揺さぶりをかけるような白雪の声。甚夜にとっては東菊ではなく、懐かしい女の声だ。ならば切り捨てるのも東菊ではない。ここで切り捨てねばならないのは、かつての愛しい人だろう。

「白、雪」

誰にも聞こえないよう舌の上で言葉を転がす。

彼女を斬る。突き付けられた、考えたこともない選択肢に全身が強張る。

本当に好きだった。当たり前のように誰かの幸せを祈れる、そういう彼女に恋をした。

　何十年と経った今でも思い出せる、彼女と過ごした日々こそが甚夜の原風景だ。明治の世となり、刀も復讐も新しい時代に否定された。それでも刀を捨てられなかったのは、幼かった白雪の声が耳に残っているからだろう。道行きの途中、多くを手放し拾ってきた。しかし失った彼女への想いだけは落とさずに抱えてきた。なのに何故こうなってしまったのだろう。

「お前は、そんなことのために野茉莉を」

「そう。これが私の生まれた意味だから。何より私自身の望みだから」

　甚夜は夜刀守兼臣を構える。夜来でなかったのは単なる感傷だ。夜来はいつきひめが受け継ぎ守ってきた宝刀、彼女に向けるのは忍びない。

　東菊が小さく、緩やかに息を吐く。それは呆れよりも安堵の溜息のように感じられた。

「知っていた。本当は、答えなんて聞かなくても」

　本当は迷いなどなかったのかもしれない。納得はできないとしても、東菊は人に仇なす鬼女に過ぎないのだ。後は甚夜の心のみ。より大切なもののために、大切なものを切り捨てる覚悟を決めるだけだ。

「だろうな、迷うことでもない」

　踏み出す一歩が何よりも雄弁な答えになった。

　力強い足取りに嫌な予感を覚えたのか、蚊《か》帳《や》の外になっていた平吉が甚夜の前に立ち塞がった。

「ま、待ってくれ！」

　平吉のしゃれこうべはあくまで脅しだった。野茉莉を救うという目的は同じであっても、東菊との交流が無慈悲な決断を遠ざけていた。

「あいつは」

「分かっている。マガツメの娘だ」

「そうやけどっ！　そうやけど悪い奴やない！　きっと、話せば」

甚夜に止まる気はなく、一歩ずつゆっくりと距離を詰めていく。

「心変わりを待つ時間はない。そして心変わりなどあり得ない。あれが白雪の頭蓋を取り込んだならばなおさらだ」

白雪の頑固さは折り紙付きだ。自分を曲げられず死んだ女が役割を放棄するとは思えない。

「せやけど頼む。あんたや、俺に鬼と人でも仲良うやってけるって教えてくれたんはあんたやろ」

野茉莉と東菊。双方を大切に想い、いまだに両者が救われる道を平吉は求めている。それが甚夜には眩しい。若い頃なら彼のようにまっすぐな心根が少しは残っていたのかもしれない。だが歳を取った今、手を伸ばせばすべてに届くなどと到底信じられなくなってしまった。

「宇津木。お前が彼女と友誼《ゆうぎ》を結んでいたのは知っている。親友の弟子の言葉に頷いてやりたいとも思う」

「だが私は、親なんだ」

甚夜は落とすように笑って見せた。普段からは考えられないくらい頼りない笑みだった。

わずかに腰を落とし、言葉と同時に平吉の腹へ拳を叩き込む。加減はしたが鬼の一撃に平吉の体はくの字に折れ、短い呻きを上げる。

「なん、でっ」

「悪いな。少し眠っていろ」

そうすれば嫌なものを見なくて済む。

次いで顎を裏拳で打ち抜き、意識を一瞬で刈り取る。倒れ込む前に平吉を抱き留め、本堂の隅へ運び寝かせておく。あんまりな扱いだとは思うが、それでも東菊が喰われる様を見せつけられるよりはましだろう。

「ひどいことをするね」

「そうだな。できるようになってしまった」

東菊の声には苛立《いらだ》ちが混じっている。彼女にとっても平吉は大切なのだと感じ取れた。

「だが、それはお前もだろう」

「そう、だね。貴方を平気で苦しめられるのだから」

東菊の方こそ苦しそうな顔をしている。

鈴音は、白雪が野茉莉の記憶を奪うという状況を演出したかったのだろう。同時に逆らえず苦しむ様も楽しみの一つ。兄を裏切った白雪への、八つ当たりにも似た復讐の念が東菊を生んだ。

つまり東菊は生来の性質として甚夜の敵である。

「さて」

平吉の安静を確認して、もう一度東菊に向き直る。

これでもう邪魔する者はいない。歩くと板張りの床がぎしりぎしりと音を立て、その度に心がざらついていく。二人は次第に近付き、手を伸ばせば触れられる距離となった。

目を伏せ、過去と現在に想いを馳せる。甚太は甚夜となり、白雪は東菊となった。変わらないものなんてないと、遠い昔に誰かが言った。

だから甚夜は選んだのだ。

「白雪、敢えてそう呼ばせてもらう。あの頃と同じようにとは言えない。だが私は今もお前を想っている。遠い夜空の下、伝えた言葉に嘘はなかった」

たとえ結ばれることはなくとも、貴女の尊いあり方を守りたかった。

結局守れなかったが、美しいと信じた生き方をできれば近くで眺めていたかった。

「そっか」

小さく、満足げに東菊は頷く。

白雪とは別人なのだと知りながらも、手を伸ばせば届いてしまいそうな幸福に心が締め付けられる。もしも彼女の手を取って逃げられたなら、失くしてしまったあの頃にもう一度戻れるだろうか。

「だが、私はあの娘に救われた。見捨てることはできない」

そんな都合のいい話はあり得ない。似たものを飾って誤魔化しても寂しくなるだけだし、失くしたからこそ拾えたものもある。

「私よりも大切？」

「順位など付けられるわけがない。あの雨の夜、お前こそが私を救ってくれたのだから」

「それでも、あの娘を選ぶんだ」

責めるのではなく、ただ事実を確認するような軽い問いかけだ。

「ああ」

言い淀むような真似はしない。迷いなく、はっきりと甚夜は言い切って見せた。

「お前を失ってから、憎悪に塗《まみ》れて生きてきた。その道行きは間違いだったと理解している。けれど悪くはなかったよ」

自分を殺す男の前で、東菊は無防備に微笑む。それは先程の諦観に似たものではなく、安らかなのに強い、遠い過去を思い起こさせる笑みだった。

「己があり方を濁らせる余分だが、無駄ではないと思っている。だからお前の手は取れない。私には、今まで積み重ねてきた己を曲げられない」

「うん、知っていた。甚太は最後の最後には、想いよりも生き方を取る。そういう人だから私は、白雪は好きになった」

甚夜は白雪を傷付けることになると理解しながらも、最後の言葉を口にする。

「何より私は親だ。何を選ぶかというのなら、あの娘の親になると決めた時点でとうに選んでいた」

夜刀守兼臣を抜刀して上段に構える。

万の言葉で飾り立てても結局はそういうことだ。

愛娘を見捨てられない。この結末は最初から決まっていた。

「もう貴方は、甚太じゃないんだね」

何気なく零れた声は寂寥《せきりょう》に満ちていて、思わず切っ先が揺れる。

迷いはある。それだけ白雪のことを愛していた。

しかしここで終わりだ。視認さえ許さない速度で振り下ろされた一刀が、女の細い体躯《たいく》を袈裟《けさ》懸《が》けに斬り裂く。

ふと年下のくせに姉を自称する姿を思い出した。けれど無理矢理頭から追い出す。家族になろうとしてくれたこと、意地を張って慕情に蓋をしたこと。振り払おうにも後から後から湧いて出てくる。

鮮やかに舞う鮮血と鉄臭い香り。骨を斬った感触が手に残っている。殺しなど慣れたはずなのに吐き気を覚えた。

「あぁ」

東菊の瞳が甚夜を捉えている。崩れ落ちようとする途中、甚夜は左腕で東菊の首をへし折らんばかりに掴んだ。

「終わりだ。お前の力……私が喰らおう」

野茉莉を救うためとは言わない。自分が選んだ道ならば責任の所在を他に預けることだけはしない。

甚夜が左腕に力を込めた瞬間、弾けるように筋肉が膨張し、人のものとはかけ離れた赤黒い異形の腕へと変化する。

鬼の腕がどくんと心臓のように脈を打ち、それに反応して東菊の顔が苦悶《くもん》に歪んだ。

〈同化〉の力を使う際、本来ならば喰らう相手の記憶を垣間《かいま》見るのだが、マガツメの娘である地縛の時は何も見えなかった。しかし東菊は違った。同じマガツメから生まれたものであっても、わずかながらに流れ込んでくるものを感じる。

「あ、ぅ」

それは次第に量を増し、水滴が流水になり、すぐに川のように流れて氾濫し決壊する。

初めて経験する圧倒的な何かに巻き込まれ、甚夜は意識を失った。

「よかった。これで、私の願いが叶う」

けれど恐怖はない。

あたたかく柔らかな、懐かしい肌触りがした。

夢を見ている。

頬を撫ぜる風が流れゆく川に細波を作る。

星の天蓋、木々のざわめき。小高い丘から見下ろす戻川は、記憶と違わぬ清澄な音色を奏でている。

「ここは」

意識を取り戻した時、甚夜は廃寺の本堂ではなく懐かしい丘の上だった。

幼い頃に白雪と約束を交わし、大人になって約束を破った思い出の場所だ。

何故とは思わなかった。辺りの空気は逆さの小路で黒い影に取り込まれた時とよく似ている。ここは現実ではなく、想いによって形作られた幻影に過ぎない。そして甚夜が既に未練を振り払ってしまった以上、この景色を作り上げたのは彼女しかいなかった。

「懐かしいなぁ」

「東菊」

気付けば隣にいた彼女は、星が敷き詰められた夜空を眺めている。

その横顔が懐かしくて甚夜は目を細めた。

穏やかな表情に直感的に理解する。以前に土浦を喰らった時も、彼が最後に望んだ景色を垣間見たことがあった。これは東菊が見た末期の夢だ。喰われて完全に同化する直前、彼女のむき出しの想いが作った世界だ。

「違うよ、東菊じゃない」

彼女は静かに首を振った。その所作は記憶にある白雪そのものだった。

表情に出さなかったが、それでも東菊……白雪には分かったらしく、まるで出来の悪い弟を窘めるように苦笑した。

「だって、もう鬼としての私の体はないから。それにいつきひめでもない。体も役目もなくなって、残っているのは私の想いだけ。東菊でも白夜でもない。……今の私が、本当の白雪」

とん、と軽やかに一歩を進み、くるり舞うように振り返る。

星降る夜を背景にした白雪の笑みは透明で、澄みきった湖面を思わせるくらい美しく、同時にひどく儚く見える。

当然だろう。これが末期の夢なら、こうして笑う彼女も最後の未練に過ぎない。それでも甚夜の前に現れたのは、きっと伝えたいことがあったからだ。

甚夜は何も言わず耳を傾けた。彼女が遺そうとしているものだ、受け取らなければならない。

「私は、私達は知りたかった」

彼女が白雪だというのなら、甚夜の内心を推し量れないわけがない。心遣いを正確に読み取り、彼女は感謝を示すように頷いた。

「過去と今を並べた時、貴方がどちらを選ぶのか。それを知ることがすずちゃんの願いで、東菊の役割。東菊はそのために生まれ、目的を果たした」

結果として甚夜は今を、野茉莉を選んだ。

選択に後悔はないとは言い切れないが、納得はしていた。

「願いも役割も消え去って、最後に残ったのは私の未練。ここにいるのは貴方に会いたいと願う、白雪の心」

マガツメの願いは知ることで、東菊の役割はそれを助けること。しかし白雪は違うと、ただ甚夜に会いたかったのだと昔と変わらない柔らかさで語りかける。

「神様って、ちゃんといるんだね。きっとマヒルさまが私達に少しだけ時間をくれたの。二人とも葛野のために頑張ったから、その御褒美に」

「違う」

不意に風が強く吹き抜けた。

空に溶ける彼女の姿に心が解きほぐされ、ようやく甚夜は声を出した。静かではあるが頑とした否定だった。

「葛野のためではない。お前だ。お前がいつきひめになろうと決めたから、剣を取ったんだ」

「ふふ、そっか」

頬を緩める白雪はまるで子供みたいに無邪気だ。この笑顔を消してしまったのは自分なのだと思い知らされる。それが辛くて、もはや意味がないと知りながらも問うてしまう。

「なあ、聞かせてくれ白雪」

情けないとは思うが止められない。

ずっと白雪に。違う、誰かに聞きたかった。

「私は何を間違えたのだろうか」

祈るように、縋るように声を絞り出す。笑おうとしてもうまく表情が作れない。引き攣《つ》ったように口の端が動いただけだった。

「俺はどんな答えを選んだなら、お前の傍《そば》にいられた？」

思えば間違いばかりを選んできた気がする。

例えば幼い頃。白雪と鈴音、どちらの手を握ればよかったのか。いつきひめになると彼女が言った時、清正との婚約を聞かされた時もそうだ。そして野茉莉と白雪。本当はどちらを選ぶのが正しかったのか。

人は自分の見える範囲しか見ることができない。選ばなかった道がどこに繋がっているのかなど知りようもないが、自分が間違えたのだということだけは分かる。もし正しかったのなら、今も彼女の傍にいられたはずだ。

「分からない」

白雪は首を横に振り、困ったように息を吐いた。

「私の方こそずっと間違えてきたから。もし正しい答えを選べていたなら、きっと今頃、どこかで老夫婦になった私達がお茶を飲んでいたと思う」

いつか語った将来は叶わないまま消えていった。

違う、自ら手放したのだ。もっと上手くやれていれば、ここに鬼はいなかった。

「ああ。お前と、ゆっくりと年老いていけたなら、どれだけ幸せだったろう。俺だってそれを望んでいた」

しかし、想う資格は白雪と共に斬り捨ててしまった。

あるいは元治に手を引かれ、彼女の前に立ってしまったその時こそが間違いだったのかもしれない。

「でもね、幸せだった」

白雪が柔らかく微笑む。満ち足りた表情に澄み切った水面のような心が滲んでいる。口にした言葉は紛れもない真実だと、彼女の静かな笑みが語っていた。

「そんな顔しないで。二人とも、大事なところで間違えてしまったかもしれないけれど。私は貴方に会えてよかったと思う」

「だが私はお前に何もしてやれなかった」

彼女どころか交わした約束も、こだわったあり方さえ守れなかった。そんな無様な男がいったい何を為せたというのか。

「もう仕方ないなぁ、甚太は。お姉ちゃんがいないと何にもできないんだから」

茶化した物言いが苦悩に沈む心に届く。

ふわりと、言葉より甘い彼女の香りが鼻腔《びこう》をくすぐる。白雪はそっと手を伸ばし、しなやかな白い指で甚夜の頬に触れた。その仕種はまるで赤子をあやすように優しかった。彼女はいつもそうやって姉のように振る舞った。懐かしい空気がここにある。

「お父さんが貴方を連れて来て、家族になってくれた」

それは甚夜にとっても同じだ。あの雨の夜に彼女の笑顔に救われ、新しい家族を得た。

「いつきひめになる、私の馬鹿な意地を貴方だけが認めてくれた」

それをこそ美しいと思った。

そのあり方を尊いと信じ、だから守りたいと願った。

「約束を破ったのに、それでも守ると言ってくれた」

けれど守れなかった。何よりも大切だったのに。

「私は沢山のものをもらったよ。今感じているあたたかさも、愛しさに速まる鼓動の心地好さも、傍にいられない寂しさも。全部貴方が教えてくれたの」

白雪はあの頃のように笑ってくれる。

「だから何もできなかったなんて言わないで。貴方の傍で生きて、貴方の腕の中で死ねた。私はこれ以上ないくらいに幸せだった。それは貴方にだって否定させない」

それでも甚夜は慰めてもらう資格などないと考えてしまう。どれだけ理由を並べ立てても、結局は白雪を選べなかったのだ。かつては自分の生き方と白雪を天秤にかけて、生き方を選んだ。今は野茉莉と白雪を天秤にかけて、野茉莉を選んだ。愛していると言いながらずっと蔑《ないがし》ろにしてきた。なのに彼女は何故そうやって笑えるのだろう。

「貴方はどうだった？　一緒にいて、私と同じ気持ちを少しは感じてくれていたのかな」

「俺も同じだ。幸せだった。お前の傍にいられれば、それだけでよかったんだ」

「そっか。でも、それならちゃんと言ってくれたらよかったのに」

「言えるわけが、ないだろう」

そういう道を選んでしまった。口にしてしまえば、二人が美しいと信じたものを汚してしまいそうで何も言えなかった。

「うん。お互い、そういう生き方しかできなかった」

彼女も同じだったのだろう。そんな二人だから想い合えて、そんな二人だから共にはいられなかった。

「私達、ずっと一緒にいたのに素直に話せなかったね。色々なものに振り回されて。だから最後の最後にも何一つ言えないままだった」

　嬉しさと寂しさを同時に瞳へ浮かべ、白雪はいつかのように空を見上げる。そしてもう一度、甚夜と視線を合わせて肩を竦《すく》めて見せた。

「ちゃんと、お別れできなかったでしょ？　きっと私の一番の間違いはそれ。もしもしっかりとお別れを伝えられたなら、甚太がこんなにも傷付くことはなかったと思う」

　もしかしたら彼女は、このためにあったのかもしれない。マガツメに従い、東菊として役割を果たしたのも全てはこの短い邂逅《かいこう》に辿り着くためだった。

「それが幸せだった私の、最後の未練」

　あやかしに身を堕《お》とし、甚夜に殺されて喰われたとしても白雪は白雪としてありたかった。伝えられなかった言葉をここで言うために、彼女はもう一度生まれてきたのだ。

「随分遠回りだったけれど、これでようやく甚太に向き合える。今なら、伝えられなかった私の心も伝えられる」

　水のような空のような、青く透明な声音だ。

「甚太、受け取ってくれる？　いつきひめでも鬼でもなく、白夜でも東菊でもなくなった何者でもないただの白雪から」

　白雪は微笑む。いつかのようにではなく、彼女が歩いてきた長い歳月を感じさせる見たこともない表情だった。

「いつか、言えなかったお別れを」

心が震え、ほんの少しだけ寂しくもなる。

戸惑いながらも動揺を露《あら》わにしなかったのは、自身の未練を自覚していたからだろう。逆さの小路で思い知らされた。生き方を曲げられぬが故に選べなかった幸福な未来は今も胸に突き刺さったままで、時折ちくりと痛む。

「ああ、そうか」

しかし痛みを感じている間は、彼女が傍にいてくれると錯覚できた。安易な悲劇の主人公を気取って憎しみだの悲しみだのを持ち出して、彼女の死を引きずり傷付くことで自分を保っていた。

結局のところ甚夜は、彼女を失ったことから立ち直れていなかった。

失われたものは失われたもの。過去に手を伸ばしたとて為せることなど何もない。そううそぶきながらも未練を捨てられなかった。明確な別れがなく、彼女の死が中途半端なままだったからだ。本当は、どこかでけじめをつけなければならなかった。

「ようやく分かったよ。別れを言えなかったのがお前の間違いだと言うのなら、私の間違いはお前にこだわり続けたこと。私はまず初めに、お前の死を認めねばならなかった」

「うん、そうだね。だから、ここではっきりと別れましょう。私達の日々をちゃんと終わらせないと。貴方はこれからを生きていくのだから」

振り返る景色は痛みが遠いせいで余計に尊く映る。けれどそこで足を止めてしまったら、過去を慈しむ心もいつかは輝きを失くし、醜い執着へとなり果ててしまう。白雪の死を悼むことはこれからもあるだろう。だとしてもただ綺麗なものとしてしまい込み、固執し続けてはいけなかった。

「まったく、これではお前の言う通りだ。まさか、こんな歳になってまでお前の世話になるとは思っていなかった」

「ふふ、なにそれ」

心の陰りが晴れるのが分かる。名残《なごり》を惜しむようにくだらないやりとりを交わし、いつまでもこのままではいられないと甚夜はまっすぐに前を見た。

そこにいるのは白雪だ。白夜でも東菊でもない、ありのままの彼女だった。

「ごめんね、結局あなたを傷付けた。けれど会えて嬉しかった」

「私もだ」

「そう言ってくれてよかった。じゃあ、そろそろ」

これでかつて胸を焦がした恋が終わるのだと理解する。

歳月が流れれば彼女の声も触れた温《ぬく》もりも、胸を震わせた熱情すらも薄れるだろう。積み重ねる日常の中、大切な人も守るべきものも増えて、思い出を取り出すことは少なくなり、全てと信じた想いもいつかは忘れ去ってしまう。

しかし、それでいいのだと今なら思える。

「ああ、ここでしっかりと別れよう」

人は夢の中では生きられないし、記憶はどうしようもなく薄れるものだ。しかし多くを忘れてしまっても残るものはきっとある。触れた肌の温もりは遠くてもあたたかな想いが胸に満ちている。傍にはいられなかったが、彼女は確かにこれまでの歩みを支えてくれた。

そう信じることができたなら、胸を抉《えぐ》った悲しみさえいつかは笑い話に変わる。言わなければならなかった別れを、間違いではなかったと誇れる日だって来るだろう。

「それじゃね、甚太。私はここで終わり。そろそろ顔も見飽きたし、こっちにはしばらく来なくていいからね」

小さく手を振るだけの軽すぎる別れの挨拶だ。

「おい、散々引っ張っておいてそれか」

「あまり重くても嫌でしょう？」

「むしろ相応の重さが欲しかった」

「わがままだなぁ」

二人して笑う。じゃれ合うような別れはまるで何かに耐えるようだ。

「それと次に会う時は家庭の話を聞きたいかな。誰かと結ばれて子供を作って、幸せに緩みきった甚太の顔を笑ってあげる」

「そうだな。美人を迎え入れて、お前を悔しがらせるのも悪くない。ただ子供は野茉莉がいるからな」

「もうのろけられた。これじゃあ女性との縁はまだ先かな」

「なにを。これでも、妻を名乗る女の一人くらいは」

「はいはい」

言葉はできるだけ軽く。この先も道は続いて行くから、重荷にはならないように。

「体は大事にね。昔みたいに若くないから無茶はしないように」

「まあ、善処はしよう」

「貴方の善処はまったく信用できないけれど」

「それを言われると辛いな」

二人の距離は自然に離れた。お互いに躊躇いはなかった。

「しかし、なんとも締まらない別れだな」

「ふふ、ほんと。でも、そんなものだよ、きっと」

彼女はくるりと舞うように背を向けて首だけで振り返る。

「あとは、最後に一つ」

懐かしむように、慈しむように彼女は微笑んでくれた。

「どうした」

ここに白雪の最後の未練が形になる。

巫女として生き、巫女として死ねなかった女。死してなお骸《むくろ》を弄ばれ、鬼女として望まぬ復活を果たした。彼女は生前も死後も何一つ為せなかった。それでも彼女はこの場所に至る道を選んだ。何もかもを失い、しかし最後には本当に大切な想いが、ほんの小さな奇跡だけが残った。

犯した過ちはこの瞬間に、たった一言を告げるためにあった。

「さようなら甚太。本当に、大好きだった」

そこで終わり。

意識が白に溶け込み、零れ落ちそうな光の中で目の前が霞《かす》んでいく。

想いは巡り、いつか心は懐かしい場所へと還《かえ》るものだ。彼女はまた眠りにつき、木漏れ日に揺れながら夢を見る。気が遠くなるくらいの歳月を巡り、ようやく帰りたいと願う場所に還ったのだろう。

「ああ、さよなら白雪。俺も、お前が好きだった」

伝わらなかったはずの想いを遠い夜空へと響かせて、間遠の夢はようやく終わりを告げた。

夢の名残に揺れながら、ゆっくりと意識が覚醒していく。

東菊を喰らい、白雪の想いに触れた。マガツメの娘となりながらも最後まで足掻《あが》いた彼女を忘れることはおそらくない。

けじめはつけられたと思う。しかし甚夜の表情に安らかさはなく、ひどく険しかった。

「〈東菊〉」

ぽつりと重く固い声で呟く。

甚夜と白雪を苦しめるために生まれた鬼女、その意味をもう少し考えるべきだった。

「接触した対象の記憶を消し去る。事柄や人物を指定し、その記憶だけを消すことも可能」

マガツメの目的は、甚夜が過去と今のどちらを選ぶのかを知ることだ。東菊は分かりやすい形でそれを提示する役割を与えられていた。

「時間経過による記憶の崩壊は劣化により使用できない。そして一度消えた記憶を復活させる、あるいは記憶の崩壊を止める手段は」

しかし勘違いしてはいけない。

選択肢が提示されたとして、その中に正解があるとは限らない。

この結末はある意味で当然だった。

「……存在しない」

希望は、ここに潰《つい》えた。

4

雨が強くなった。

時刻は八つ時に差し掛かる辺り、本堂に漂っていた血の匂いは雨の香りに流された。

東菊を殺し喰らったというのに、なんの解決策も得られなかった。計り知れないほどの失望と焦燥を覚えながら、寝転がっている平吉を抱え上げると甚夜は鬼そばへと戻った。

「あ、ああっ⁉」

店の前にまで辿り着くと、雨に打たれた豊繁の姿があった。ひどく取り乱した様子で周囲を見回しており、視線が合えば途端に駆け寄ってくる。

「ああ、よかった！　すまん！」

「三橋殿。まずは下ろさせてくれ」

「お、おお」

平吉はまだ意識を失っているため、とりあえず寝室に横抱きで運ぶ。布団は敷いておらず畳に直接寝かせる形になってしまったが仕方ない。それを終えると豊繁が慌てて捲《まく》し立てる。

「大変なんや！　ちょっと目を離した隙に野茉莉ちゃんが！」

背筋が粟立《あわだ》った。気付けば話の途中で走り出し、野茉莉の部屋の障子を乱暴に開いていた。

「野茉莉っ！」

どこにもいない。乱雑に放置された布団があるだけだった。

「すまん。留守を任されてたのに」

部屋は荒らされておらず、寝間着が脱ぎ散らかされている。いつもつけているリボンも見当たらない。ちゃんと着替えているのなら攫《さら》われたのではなく、自らの意思で抜け出したのだろう。

「すまん、ほんまにすまん」

豊繁はくしゃくしゃに顔を歪めて、何度も頭を下げる。

「気にするな。野茉莉を探してくる」

怒りはまったくなかった。むしろそうまで責任を感じる彼に申しわけなさを感じる。

恨み言の一つや二つは覚悟の上だったのだろう、穏やかな対応に豊繁は不思議そうな顔をしていた。

「何故かな。ひどく落ち着いているんだ」

「え……？」

「自分でも意外だ。いや、こうなると心のどこかで思っていたのかもしれない」

片付けていない部屋を見るに、おそらく外に出たのは衝動的な行動だ。そこまであの娘が追い詰められているというのなら、おそらくもうほとんど記憶は残っていない。つまり既に手遅れだ。もはや野茉莉を救う手立てはなく、東菊を喰らったことでこれから先どうなるかも知った。

野茉莉の記憶は消去だけでなく改変もされている。時間の経過と共に、甚夜を覚えていなくとも辻褄《つじつま》が合うように置き換わっていく。加えて東菊は、周囲の人間にも接触していたようだ。親しくしていた知人も甚夜を忘れてしまう。異能を使っても改変された記憶だけを消すような細かな運用はできない。もう一度他人からやり直す機会も潰された。

　完全に詰みだ。今日が終わる頃には、甚夜は完全な異物となるのだ。

「三橋殿、もう一度頼む。野茉莉を任せる。借りはそれで帳消しだ」

　返答は聞かずに背を向ける。野茉莉を救う手立てはないが、まだ自分には最後の役目が残っていた。あの娘は雨の中で独り怯えている。だから早く会いに行かないといけない。

　雨に打たれながら京の町を進む。静かな胸中を意外に思う反面、そういうものかと納得もする。遠い昔、変わらないものなんてないと誰かが言っていた。本当は知っていたのだ、いつか幸福の日々は終わると。

「おっと、ごめんね！」

　通りで女性とぶつかりそうになった。豊繁の妻、朔だった。普段からは考えられないほどに動転した様子だ。彼女も野茉莉を探してくれていたようで、焦躁が顔に出ていた。

「あ、ああ。そうや、あんた女を見んかったか？　二十くらいで、桜色のリボンをしてる」

　その反応に予測は正しかったのだと知る。朔の記憶からも甚夜の存在が消えかかっている。しかし問い詰めることはしなかった。愛娘を必死に探してくれているのだ、余計な負担を強いるような真似は避けたい。

「いえ、すみませんが。私も探します」

　甚夜は頭を下げて場を離れる。もう戻れないと改めて胸に刻んだ。

◇

豊繁が鬼そばの店先に出てしばらくすると朔が戻ってきた。行き違いにならないように豊繁を残し、代わりに野茉莉を探してくれていたのだ。

「あんた！」

「お、おお」

「あかんかったわ。そっちは？」

「見つからへんかった。俺も少し足を延ばすわ」

「そうやな、お願いできる？」

「ああ、頼まれたしな。野茉莉を任せるって」

野茉莉を心配しているのは事実だが、自分以上にあの娘を想う人がいる。そいつから頼まれた以上、早く見つけて安心させてやらなくては。

「頼まれたって、あの、お隣さんに？」

朔は怪訝《けげん》そうにしている。

野茉莉は隣に住む女性で、夫婦はこの娘を小さな頃から知っている。子供のいない豊繁らはこの娘を大層可愛がってきた。両親がおらず天涯孤独、のような気がしていたがそんなことはない。うろ覚えだが確か父親がいた。堅物だが娘に甘い男だ。その彼が「野茉莉を任せる」と言ったのだから、気合いを入れて探さないといけない。

「そうや。あいつに……や」

毎朝店先を掃除する時に顔を合わせる。豊繁の一日は彼との雑談から始まるのだ。

真面目なくせして娘のためなら簡単に店を閉める。無愛想に見えるが案外人が好く、今でも菓子の味見に付き合ってくれる。不器用でも誰よりもあの子を愛した父親を、豊繁はよく知っている。しかし細かく思い出そうとすると途端に靄《もや》がかかってしまう。

「ちょっと、名前が出て来ぉへんけど。とにかく探してくるわ」

豊繁はがしがしと頭を掻いて、あやふやな記憶から目を背けた。

多少の違和感は後回しでいい。今は野茉莉を探さないといけない。

そうすればうまく思い出せない誰かも安心してくれるだろう。

◆

それは何でもない日の昼のことだった。

蕎麦屋『喜兵衛《きへえ》』で、父様と並んで蕎麦を食べる。周囲の人はにこにこと笑っている。店主が私を父様の娘だと言ってくれるのが嬉しかった。

『ほら、野茉莉。口元』

あの頃はまだ箸がうまく使えなくて、よく口の周りを汚していた。自分で拭わないのは父様がやってくれると知っているからだ。

私は小さな頃から父様が大好きだった。

ざ、ざざ。

消える。

頭の中の雑音に心が攪拌《かくはん》される。断続的な痛みが過ぎるたびに何かが失われていく。

それが怖くて部屋を抜け出した。もう沢山のものを失くしてしまったのに、何を失くしたのかさえ思い出せない。大切なものを拾い集めるように、雨の町を覚束《おぼつか》ない足取りで進む。そうすれば零れ落ちていく何かを少しでも繋ぎ留められるような気がした。

辿り着いたのは呉服屋だ。

ああ、懐かしい。思い出せなかったはずの記憶が蘇る。

『あのね、リボンが欲しいの。父様に買って欲しいなって』

今髪を結んでいるリボンは父様が買ってくれた。わがままだとは思うけれど、これだけは聞いて欲しかった。楽しかった。店では恋仲と勘違いされて恥ずかしかったけれど、親娘としての買い物ができた。

ざざ、ざ。

けれど消える。

「あ、あぁ」

懐かしいと思うのに、親しみを少しも感じない。昔、この呉服屋で大切なことがあった。忘れてはいけなかったのに思い出せなかった。

「いやぁ……」

濡れた頬は雨か、それとも別の何かのせいだったのか。

私は逃げるように呉服屋を後にした。

雨の中でも三条通は人が多い。濡れたまま歩く私に奇異の目が集まるけれど、構っている余裕はない。脳裏に映るのはやはり懐かしい景色だ。この道を父様と一緒に何度も歩いた。

『そうだ、明日も一緒に散歩に行こ？　刀を差さなくてもいいなら手が空くでしょう。一緒に手を繋いで歩けるね』

廃刀令が決まって刀を差せなくなった頃の話だ。父様は私のために刀を持ち歩かないようになった。それが寂しそうに見えて、無邪気を装って手を取った。

ざ、ざざ。

その温もりも消える。

朧気ながら理解する。失われていく何かは記憶だ、父様との思い出が抜け落ちていく。きっと私は色々なものを忘れている。今思い出せたことさえ次の瞬間には覚えていないかもしれない。

「いや、だよ」

怖い。まるで自分が自分ではなくなるような感覚だった。

父様と過ごした日々が今の私を形作った。ならば記憶を失うことは自分が消えるのと同じだ。そうなれば、私を愛し育ててくれた父との思い出も無価値になってしまう。血の繋がりのない二人が積み重ねてきた思い出が、過ごしてきた時間が家族にしてくれた。それがなくなれば家族ではいられない。

いつか恐れていた瞬間が目の前に差し迫っている。

私が全てを忘れた時、親娘は他人になるのだ。

「違う。まだ、覚えている」

それを認められず歯を食い縛る。どこに向かっているかは自分でも分からない。足は止められない。この道の先に何かを求めて、今にも倒れそうになりながらも前へ進む。

「牛鍋屋でご飯を食べた。あんぱんの味見をした」

うわ言のように思い出を数える。

ざざ、ざざ。

しかし消える。

甘味を苦しそうに頬張る父も、騒がしい昼食時も雑音に削り取られた。以前は起こしてもらいたくて寝たふりをしていた気もするが、勘違いかもしれない。

「勉強しないと。お店、手伝わなきゃ」

気付けばいつの間にか泣いていた。

涙が記憶と一緒にぼろぼろと零れ落ちる。怖い以上に悔しい、だけど耐えなくては。私にはやらなければいけないことがある。

「私は、父様の母様になるの。父様が守ってくれたように、あの人を守るの」

捨て子だった私を守ってくれた父様を今度は自分が守ってあげたいと、幼い頃からずっと願っていた。子供だからこその発想だったけれど、成長するにつれて願いは決意へと変わった。

あれは百鬼夜行の噂を聞き、討伐に乗り出した夜だ。私を置いていく父様を心ない言葉で責めた。鬼との戦いに赴く父様を何度も見送った。もしかしたら、このまま帰ってこないのではないかといつだって不安だった。

『野茉莉』

父様はそんな私を慰めようと頭に手を伸ばしたけれど、素直になれず反射的に拒んでしまった。誰よりも強いと思っていた父様はひどく傷付いた顔をしていた。隠していた弱さをあの夜に初めて知ったのだ。

「今まで、父様が頑張ってくれた。家族でいるために、ずっと頑張ってきてくれた」

後悔はしない。そうやって傷付けあってこそ分かることもある。

父様は鬼を容易《たやす》く倒し、多くの苦難を乗り越えてきた。だから強いのだとずっと信じてきた。馬鹿な話だ。幼い私が見ていたのは表面にすぎない。剣の腕が優れていても逆境に負けない意思があろうと、悩みや傷の痛みが消えるわけではない。誰も知らないところで父様は苦しんでいた。それでも、いつだって父親であろうと努力を重ねてきてくれた。そんな当然のことさえ見えていなかった。

そうと気付いた時に心は決まった。

母親となり父様を甘やかしてあげる。いつか幼心から口にした未来を現実に変えよう。どんな形であろうとあの人の家族でいる。それが私にできる精一杯の恩返しだ。娘でいられなくなれば姉となり、歳を取れば最後には母親として見守る。瞬きの命だとしても寄り添い、最後まで家族であろうと決めた。

「今度は、私が守るの。父様を」

そのはずが頭には雑音が響く。

「だから、だか、ら」

ざ、ざざ。

「お願いだから、消えていかないでよぉ……！」

どれだけ強くしがみ付いても、抱えてきた決意がこうも簡単に消えてしまう。

風邪でも引いたのか、頭がぼやける。けれど前に進まなくては。何故歩いていたのか理由を見失っても足は勝手に進む。雨の向こうに荒妓稲荷神社が見えてきた。理由は覚えていないが、おそらくここに行こうとしていた。

今は夕方だろうか、境内は雨のせいで薄暗く参拝客もいない。

ここは私にとって大切な場所だったはずだ。祭りを楽しみ、父様に胸の内を伝えた……そういった特別な出来事はなく、懐かしくもない景色ではなんの感慨もなかった。

さ迷うように歩いていたが、いつしか疲れからか崩れるように倒れ込んだ。手をついて顔から突っ込むのだけは防ぐ。そのせいで土下座をするような格好になってしまった。

立ち上がる気力は残っていなかった。自分が情けなくて、無性に謝りたくなる。こうべを垂れている今の状態こそ相応《ふさわ》しいと思えてくる。

「あ、ああ……っ！」

私は声を上げて泣いた。

もう取り返しがつかない。まともに働かない頭でもそれだけは察せた。雨に打たれて体は冷え切り、動けないまま叫び続ける。

どれだけ時間が経ったろう。気が遠くなるくらい、あるいは一瞬だったのか。

「最後には、ここを選ぶような気がしていた」

突然、雨の音に紛れて誰かの声が聞こえた。

聞き覚えのない響きに誘われて顔を上げると、そこには六尺近い大きな男の人がいた。

どくん、と心臓がはねた。呆然と見上げる私をよそに彼はゆっくり口を開く。

「子供の頃、何度も祭りに来たからか。家族であると誓った場所だからか。理由は知りようもないが」

まっすぐに見つめるその人のことを私は知らない。ただひどく恐ろしい。彼の存在ではなく、今の自分を見られるのがたまらなく怖かった。

「あ、あ」

「それでも、最後にお前が選ぶのはここだと思っていた」

現状に頭が追い付かない。なのに泣きたくなるのは何故だろう。

雨は強くなる一方だけど、音は遠くなったような気がした。

「私にとっても思い出深い場所だ。染吾郎がいて兼臣や宇津木がいた。ちとせが見守る中、お前の手を引いて屋台を回った。口にこそしなかったが楽しかった。一瞬だが胸にある憎しみを忘れられる程に」

男の人がゆっくりと一歩を踏み出す。近くて遠い距離が少しずつ縮まっていく。

「そして夕凪の空を覚えている。家族でいるために努力するとお前が言ってくれた。それが、どれだけ嬉しかったか。本当は私の方こそ、ずっとお前に救われてきたんだ」

知らない思い出を語るその人は、とても冷たい顔をしている。微塵も動かない表情は硬い鉄を思わせた。

「なのにすまない。守ってやれなかった」

「お願い、来ないで」

「誰よりも大切だったのに、お前には泣いて欲しくなかったのに、結局泣かせてしまったな」

泣きながら懇願しても彼は止まらない。乱暴をするような人には見えないのに、近付くほどに身が竦む。

「記憶を戻す手立てはない。だが、その恐怖なら消し去ってやれる。終わりを少しばかり早めるだけだが楽にはなるだろう」

耳に届いても頭には入ってこない、けれど予感があった。彼は、私が大切にしてきたものを全て奪い去ってしまう。

「何もできなかった私の自己満足だ。それでも泣いているお前は見たくないんだ」

垣間見えた寂しそうな目は、気のせいかと思うくらい一瞬で消えた。まばたきの後には感情の色もなくなり、鉄の硬さだけが残っている。

「野茉莉」

何故名前を知っているのか、疑問に思う暇もなかった。膝を落とした彼は、動けない私を正面からすっと抱き締めた。

「あ……」

抵抗はせずに体を預ける。振り払えたかもしれないが、したくなかった。胸に残るわずかなものが躊躇わせる。湧き上がる感情に心を震わせる。恐怖ではなく、じんわりと染み渡るあたたかさがそこにはあった。

「あぁ、あな、あな、たは」

私が失ってしまった何かを知っているの？

聞きたいのに、嗚咽《おえつ》に掻き消されて言葉が出てこない。

ごつごつした無骨な手が頭を撫でてくれている。知らない人に抱き締められているのに嫌悪感はない。不思議に思う一方、当たり前のような気もして、あやふやな感情に身動きが取れなかった。

ああ、涙が溢れる。

重なり合う鼓動が響く。表情は見えないけれど、かすかに優しくなった空気に知る。

彼は穏やかに微笑んでくれたのだと。

こうして一つの家族は終わりを迎える。

甚夜は野茉莉の髪を手櫛《てぐし》で梳いた。

震える体は嫌悪か、恐怖故か。しかし手は離さなかった。これが最後になるのなら、単なるわがままだとしてももう少しだけ温もりを感じていたかった。

「大きく、なったなぁ。お前を腕に抱いていた頃が嘘のようだ」

記憶の中の赤子と今の彼女を見比べて落とすように笑う。重ねた身体から伝わる鼓動が、彼女はここにいると教えてくれている。たとえ記憶が失われて触れ合えた今が消え去ってしまうとしても、この瞬間は決して嘘ではないと信じさせてくれた。

「おしめを替えるのに四苦八苦した、うまく喋れない時期もあった。当時は思い悩みもしたが、今ではいい思い出だ。それも消えてしまうんだな」

この一時が過ぎれば、彼女は他人になってしまう。

本当はずっと傍にいたかった。父親として家族として、この娘の道行きを見届けたかった。いてやりたかったではなく、甚夜自身が野茉莉と家族でありたいと願っていた。

しかし叶わぬ夢だ。必死になって積み重ねても崩れるのはあまりに早すぎる。追いつかない心を置き去りに、別れの時が訪れてしまった。

「や、だよ」

か細い、雨に負けてしまいそうな呟きに胸を締め付けられる。縋りつくように甚夜の胸元に顔を埋める様は、まるで幼い頃に戻ってしまったかのようだ。

「忘れたく、ないよぉ」

ほとんど記憶が失われた状態で紡いだ言葉だ。口にした本人も意味は理解できていないだろう。後悔が胸に刺さるが嬉しくもあった。この子が過ごしてきた歳月を大切に想ってくれているのだと信じられた。

それで十分だ。その勘違いだけで今までは報われた。

心残りはこれからのことだけだ。

「すまない。私は、お前を傷付けてばかりだった」

失われた記憶を戻せないし、彼女に関わる術もなくなった。

あるいは必要もなくなってしまったのかもしれない。

野茉莉は大人になった。幼い頃とは違い手を引いてやらなくても一人で歩けていけるし、そうしなければならない。マガツメの干渉があってもなくても関係ない。彼女はこれから続く人生を、自分の力で切り開いていく必要がある。父親というのは難儀なものだ。既に手を離れた娘であっても心配してしまう。何かあった時、手を差し伸べてやれないことが歯痒い。

「だけど祈っているよ。鬼に堕ちた私の祈りでは、神も仏も受け入れてはくれないだろうが。ああ、そうだな。マヒルさまに祈ろうか。こんな私にも奇跡をくれた心の広い女神だ。少しくらいの無理なら、きっと聞いてくれる」

もう手助けはしてやれないが、せめて想いだけは預けていこう。

共に過ごし笑い合い、うまくいかず頭を抱えた。そういった暮らしの中で愛しい気持ちを育んだ。始まりは偶然だったが、ちゃんと親娘をやってきたと自負している。ならば親として、紡ぐ言葉に精一杯の祈りを込める。

「お前が私を救ってくれた。だから今度は、お前が救われることを願う。思うがままに生き、緩やかに年老いていく。私には得ることも与えることもできなかったが、これからは心安らかにあって欲しいと思う」

忘れ去られてしまっても構わない。無駄ではないと、野茉莉と過ごした歳月には確かな意味があったのだと伝えたかった。

「そしてどうか、いつまでも幸せでありますように」

きっとこの娘が歩く先は、沢山の光に満ちた陽だまりのようにあたたかい場所だ。

母となり守ると言ってくれた、そんな優しい彼女が幸せになれないはずがないのだ。

「家族でいてくれてありがとう。私は、お前を愛していた」

もう一度笑ってほしい。

全てを忘れた後には、なんの憂いもなく笑顔でいられる日々があればいいと思う。

「だから、これでさよならだ」

名残は尽きないがそろそろ時間だ。

ふと小さな頃から知っている青年の顔に思い直す。自分がいなくなっても、この娘の笑顔を大切に想ってくれる人がいる。少しばかり頼りない所もあるが信頼に足る男だ。後のことは彼に任せよう。

甚夜は最後に一度、優しく野茉莉の頭を撫でた。

「〈東菊〉」

これでおしまい。偶然が重なって出会った二人は、日々を重ねて家族となった。

けれど雨は全てを流し、彼等はまた他人に戻った。

◆

虚ろと現《うつつ》の間で心がぷかぷかと浮いている。

まるで浅い眠りで見る夢のようだ。私は心に最後まで残った、懐かしい景色を眺めていた。

今も覚えている、あなたと過ごした日々のこと。

『ねぇ、父様』

『ん？』

透明な朝、騒がしい昼、夕凪の空。

沈む陽、見上げれば星に変わり。

『父様にも、母様がいなかったの？』

『ああ』

いつものように手を繋いで二人家路を辿る。

あたたかさがくすぐったくて、子供みたいだねと私は笑う。

『じゃあね、私が父様の母様になってあげる』

『なんだそれは』

懐かしさに心浮かれて、けれど近付いた道の終わりに知らず景色は滲んで。

『父様は私の父様になってくれたから、大きくなったら私が父様の母様になって、いっぱい甘やかしてあげるの』

玉響《たまゆら》の日々。名残を惜しむように私はあなたを想う。

『そうか、では楽しみにしている』

懐かしい記憶。あなたの母親になろうと決めた、私の始まりの風景だ。

けれどもう思い出せない。

――あなたって、誰だったのだろう？

こうして私の中の大切な何かは、雪のように溶けて消えた。

5

一つの終わりを経て、翌日の朝を迎えた。

平吉は鬼そばで野茉莉が目覚めるのを待っていた。

店の卓には見覚えのない酒器がある。桜の花弁の描かれた鍋島《なべしま》の品は風雅だが、あの無骨な男には似合わない。指で弾くと小さな音を鳴らして転がった。その様を寂しく思うのは、酒器を使う呑兵衛《のんべえ》がもう戻ってこないと知っているからだろう。

昨日は一日大雨だったが、朝には抜けるような清々《すがすが》しい晴天となった。しかし胸中は晴れやかとは言い難い。短い間に多くのことがあり過ぎた。

「あぁ、起きたんか」

障子の開く音が聞こえて、平吉はそちらを向いた。長く雨に打たれていたため心配していたが、起きてきた野茉莉の体調は良さそうだ。

「平吉さん？」

一瞬不思議そうにした彼女は、しばらく考え込んでから緩やかに微笑んだ。

「ありがとう、看病してくれたんですよね」

「それは」

どういう意味か聞き返せば、彼女は小首を傾げながらも感謝の理由を説明してくれた。

野茉莉は二日前から風邪を引いていた。しかし彼女には家族がおらず、隣に住む三橋屋の二人も仕事がある。看病をしてくれる人がいないので、平吉が心配してきてくれたのではないか、という話だ。

「すみません、迷惑をかけてしまって」

「そうか。そういう風に、なってんのか」

「え？」

現状に何の疑いも持たない彼女に、どのような顔で接すればいいのだろうか。せめて不安にならないよう努めて明るく振る舞ってみせる。

「いや、体の方は大丈夫なんか？」

付き合いの長さのせいか、平吉の態度には違和感を覚えたようだ。何も聞いてこなかったのは彼女なりの気遣いだろう。

「はい、もうすっかり」

「それは、よかった」

お互いに確信には触れないまま軽く笑い合う。

ふと視線を外した先、平吉は枕元にあるものを見つけて、ぎこちなく顔を伏せた。

「なぁ、それって」

無造作に置かれているのは彼女がいつも使っているリボンだ。雨に濡れたまま洗わず放置してあったせいで随分と汚れている。

「そろそろ買い替えるべきでしょうか」

野茉莉にとってこのリボンは父親からの贈り物ではなく、思い入れのない消耗品になっているのだろう。痛みを堪《こら》えて平吉はたどたどしく問う。

「ええんか。大切なもんなんやろ」

「自分で買ったものですし、そこまでは」

甚夜の記憶がなくとも手元にあるリボンを野茉莉は受け入れている。それが東菊によるものだと平吉は知っていた。

父親に関する全てを忘れ、痕跡に触れても問題がないよう記憶は改変されている。そういった都合のいい辻褄合わせを可能とするのが〈東菊〉という力だ。ただし、その力を取り込んだ甚夜は記憶の消去はできても、改変や復元といった細かな運用はできない。劣化した異能では東菊の行使した力を上書きもできず、何かのきっかけで思い出すといった奇跡もあり得ない。

野茉莉の人生において、葛野甚夜という男は一切関わりを持たなかった。少なくとも彼女にとってはそれが真実である。

「……いえ、捨てるのはやめにします」

だから、それは単なる気まぐれに過ぎない。そう思いながらも平吉は驚きに目を見開いて狼狽《うろた》えた。

「なっ、なんでっ⁉」

「気に入ってはいますから。あ、あの、平吉さん、顔が近いといいますか」

野茉莉が顔を赤くして上ずった声で答えた。普段なら平吉が照れるところだが、今は余裕がなく吐息のかかる距離まで顔を寄せる。

「ほんまか。それ、気に入ってるって」

「は、はい。やはり長く使っていたからでしょうか。捨てるのは、寂しいような気がして」

染吾郎が命を落とし、野茉莉は記憶を消され、甚夜もいなくなった。

たった数日の内に幼い頃から入り浸っていた鬼そばは、かつての騒がしさを失くしてしまった。口にはしなかったがこの店は平吉にとっても大切な場所であり、楽しかった日々がもう二度と戻らないと思うとやりきれなかった。

しかし、わずかだが救いがあった。もう甚夜を覚えていないはずの野茉莉はリボンを捨てられなかった。彼女にとっては大した意味はないのかもしれないが、平吉にはその些細な感傷が嬉しかった。甚夜と染吾郎がマガツメに屈しなかった証拠のように思えたのだ。

「そうか。そっ、かぁ」

零れそうになる涙を堪えて必死に笑う。

あいつはもう帰ってこない。

野茉莉を抱えて戻ってきた時、「すまない、後は任せる」と静かな笑みだけを残して去って行ってしまった。

止められなかった。居場所を失くした男に、助けになれなかった自分がいったい何を言えただろう。甚夜は最後まで責めず、それどころか平吉のことを信じて愛娘を託してくれた。その信頼を裏切るような真似は今度こそできない。

野茉莉を、その胸に残った小さな灯火《ともしび》ごと守る。

宇津木平吉は、四代目秋津染吾郎はそのためにあろうとここに誓う。

「だ、大丈夫ですか？」

「ああ。なぁ、野茉莉さん」

野茉莉の細くしなやかな指を両手で優しく握り締め、祈るようにこうべを垂れた。

「えぇ⁉　ど、どうしたの平吉さん⁉」

いくら幼い頃からの知人でも触れ合うのは恥ずかしいようで、野茉莉はわたわたと落ち着かない様子だ。

「なんでもない、せやけど、そのリボン大切にしたってくれ。せめて、それだけは捨てんといたってくれへんか」

壊れないようにそっと、けれど決して離さないように手に力を込める。あいつが大切にしてきたものを、同じくらい大切にできる男になりたいと思う。

「分かりました、平吉さん⁉　ですから、まずは手を離しましょう⁉」

慌てふためく野茉莉がなんだかおかしくて、平吉は涙を堪えながら顔をくしゃくしゃにして笑った。

店にいるのは二人だけ。胸を過る空虚に慣れるまでは、まだ少し時間がかかるだろう。だけどなんとかうまくやって行こう。

四代目の名に野茉莉——尊敬して憧れた二人の男が託してくれたものに相応しい自分でありたいと思う。宇津木平吉として流せる涙は、染吾郎が死んだ時にもう出し尽くした。泣くのはもう終わりだと決めたのに目が潤む。それでも泣いてはいられないと意地になって笑ってみせる。

滲んだ瞳の向こうには遠く晴れ渡る空。

緩やかな風に誘われて、今日もまた一日が始まる。

◇

時を少し遡り、一つの終わりを迎えたその夜のこと。

鬼そばへ野茉莉を届けた甚夜は、四条通から少し外れた廃寺にいた。

叩き付けるような雨はまだ止まず、特有の香りが本堂に満ちている。東菊を喰らった場所へ再び訪れたのは直感だった。ここで待っていれば彼女が来る。そんな気がしていた。

「見事だよ」

背後の気配を察して甚夜は呟く。緩慢な動作で振り返れば、そこには金紗《きんしゃ》の髪をたなびかせた美しい鬼女がいた。

「私は何一つ守れなかった。此度《こたび》はお前の勝利だ」

湿った空気に反して言葉は乾いている。

周囲の音を遠く感じる。雑音に耳を傾けている余裕などなく、意識は鈴音だけに向けられていた。胸に宿るのは機能としての憎悪ではなく、大切なものをことごとく奪っていった仇敵《きゅうてき》に対する純粋な感情だ。

やはり選択を間違えたのだと甚夜は思う。

彼には鈴音を憎悪のままに斬り捨てる道など選べなかった。叶うならば斬る以外の道を探したいと、今は無理でもいつかは許せる日が来るかもしれないと決断を先送りにしてきた。

その結果がこれだ。白雪とのことが選んだ故の結末なら、これは選ばなかったが故の結末だろう。葛野を出る際、鈴音を斬ると明確に選べていたのならこうはならなかったはずだ。

『勝ち負けなど考えていなかった』

対する鈴音は宵の海のようだ。墨染めの水面は穏やかに、けれど時折かすかにざわめく。静かに見えて一瞬で全てを飲み込む、昏《くら》い海を思わせる。

『私はただ、見たかっただけ。東菊が本懐を遂げた時、貴方が何を選ぶのか』

涼やか過ぎて底冷えするような声音だった。背筋を通り抜ける冷たさが甚夜の肩を震わせた。

『いいえ、違う。本当は信じていた。貴方は東菊を、姫さまを選ぶって』

それは彼女に残された最後の欠片だったかもしれない。様々な想いを切り捨て、偽物の心を詰め込んでここまで来た。そうやって多くを手放しながらも捨て切れなかった追憶の情景がある。甚太の隣にいられた幼い幸福の日々。葛藤を抱えてはいたが、それでも葛野の地は彼女にとって完成された世界だったのだろう。

『私は憎い。それはあなたも同じで。私達は、そういう道を選んでしまった。もうお互いに殺し合うしかない。それでも』

始まりは鈴音だったとしても、兄もまたそれを不要と断じた。お互いに、大切にしたかったものを自分の手で壊してしまったのだ。

『それでも、一緒に過ごした日々くらいは、捨てないでいてくれるって思ったのに』

そう言い捨てた鈴音はいったい何を思ったのだろう。

雨の音だけが聞こえている。数瞬の間を置いて、甚夜はかつて妹だった何者かに呼びかける。

「なぁ、鈴音」

『違う』

返ってきたのは静かな否定だ。淡々と、鈴音は独白するように語り続ける。

『私は名乗り、貴方もそう呼んだ。ならば私は禍津女《マガツメ》。現世に災厄を振りまく鬼神。もとより、そうあるために生まれたのだろう』

「ああ、そうか。そうだったな」

彼女の物言いに心は決まった。

遅いか早いかの話で、結局いつかはこうなったのだろう。

「鈴音。いや、マガツメよ」

敢えてそう呼んだのは、気を抜けば揺らいでしまいそうな弱い決意を明確にするためだ。生涯における選択の時はいつだって唐突に突き付けられる。甚夜はここで、鈴音ではなくマガツメを選んだのだ。

「確かに私は、様々なものを切り捨てて来た。だが足りなかったようだ。捨てる覚悟が、足りなかった」

　めきめきと嫌な音を立てて、甚夜は左右非対称の異形と化す。夜来を抜くとゆっくりと腰を落とし、軽い前傾姿勢を取る。

「様々な余分を積み重ねて今の私がある。失ったとて、重ねてきた日々を間違いとは思わない。だが、まだ捨てなければならないものがあったんだな」

　憎悪に急《せ》き立てられて逸《はや》る心を抑え、冷静に冷徹に仇敵を見据える。引き足に体重をかけ力を溜め、全身の筋肉からは力を抜く。体を強張らせてはいけない。滑らかな挙動のためには程よい脱力がいる。

　感覚を研ぎ澄まし、脳裏に浮かべるは、ただ一つ。

「許せるかもしれない。そんな淡い希望、初めから捨てておくべきだった……！」

　今は余計な感情はいらない。ただ眼前の鬼女を討ち果たすことにのみ専心する。

　甚夜は弾かれたように疾走した。

　結果として、それは戦いにもならなかった。

「あ、ぐぁ」

　本堂の壁を背もたれにして、どうにか甚夜は座位を保っている。血に塗れ、傷がない所を探す方が難しい。鬼と化して全霊をもって挑み、なおもマガツメには届かなかった。

　激情に任せたわけではない。憎しみを飲み込み、油断も焦燥もなかった。事実剣も拳も通じたし、肉を引き裂き骨を砕いた。しかし数秒もあればマガツメの傷は完治してしまう。体力と攻め手を失った甚夜が、染吾郎の命を奪った蟲《むし》の腕に一方的になぶられたのは当然の流れだろう。

友を殺され家族を失い、思い出を汚されて積み重ね得た力さえ否定された。

ここにマガツメの目的は達された。甚夜は自らが正しいと信じた全てを奪われたのだ。

「……くし…う」

もはやまともに口もきけない。

呻《うめ》く甚夜を見つめながら、マガツメは嬉しそうに語る。

『貴方が過去を選んでくれなかったのは悲しい。でもそれ以上に嬉しいの。だって、ようやく私を見てくれる。もう貴方には私しか残っていない。憎いでしょう？　殺したいでしょう？　なら余計なものはいらない。私達は二人で完結できるの』

ゆったりと、だが狂気に満ちた笑みを見せつけてくる。

おぞましい。無邪気に笑った童女の影はどこにもない。今さらながらに彼女は理解の及ばぬ化生なのだと思い知る。

「待…て……」

『いいえ、もう目的は果たせたから。だけど大丈夫、遠い未来で貴方が来るのを待っている』

百七十年後、葛野の地に再び降り立つ。

予言を忘れていなかったのは、彼女も同じということか。

二人は再び葛野の地で殺し合い、その果てに全ての人を滅ぼす災厄——鬼神は生まれる。

これは最初からそういう話だ。

『いつかまた懐かしい場所で逢いましょう。私は、ずっとあなたを待っているから』

最後に儚げな、この場にはそぐわぬ微笑みを浮かべる。

『その時には、きっと私の願いが叶う』

凛《りん》とした背中を見せつけ、彼女は雨の夜に消えていった。

朦朧《もうろう》としながらもマガツメが去って行ったのだけは分かった。

追い縋ることはできない。立ち上がるどころか指一本動かせなかった。

完全な敗北だった。ここまで愚弄されながら一矢報いることさえできず、仇敵に情けをかけられて命を繋いだ。

「……ち……し……う」

なんという無様だ。惰弱な己に怒りを通り越して殺意が湧いてくるが、それも長くは続かない。

血を失い過ぎたせいで、起きていることさえ難しくなってきた。

ぐるり、と頭の中が回る。すっと瞼《まぶた》を閉じれば、静かに意識が消えた。

……ちくしょう。

明治編終章　一人静

「うわぁ、なんだこれは」

　ある朝、青年は四条通近くの廃寺へと訪れた。

　この寺は明治の廃仏毀《き》釈《しゃく》運動の煽りを受けて打ち壊されたが、本堂などはかろうじて残っていた。だが随分と前に住職が亡くなっているため、管理する者もおらずそのまま放置されていた。

　その寺が、何故か一晩のうちに本堂まで壊れ、至る所に穴が空いてしまっている。昨日は一日雨が降り続いていたが、まさかそれだけでこうはなるまい。青年はあまりの変わりように口をあんぐりと開け、壊れてしまった寺を眺めていた。

「いいから、早く来なさい」

　そう言って急《せ》かすのは青年の母である。

　今年で二十四になるこの青年は母と二人で暮らしている。父は既に亡くなっているが、元々徳川に仕えた旗本だったので財産もそれなりにあり、特に不自由を感じたことはなかった。

　青年の母は庶民の出だった。父母は当時にしては珍しい恋愛結婚で、二人の出会いのいきさつと父が求婚を繰り返した話はいまだに母から語って聞かされている。

この寺を訪れたのは母の頼みだった。毎朝散歩で寺社仏閣を歩いている母が、行き倒れている人を見つけたから手を貸せと頼んできたのだ。女手一つで子を育ててきた母はとにかく気が強い。母がこうしろと言えば逆らえず、仕事が休みだったため素直にやってきた。

「ごめん、母さん」

「本堂の方。頼んだよ」

足を踏み入れた本堂は床板が踏み抜かれると共に壁は打ち壊されていて、それはもうひどい惨状だった。中で物《もの》の怪《け》でも暴れたのかと言いたくなる壊れ具合だ。

眉を顰《ひそ》めながらも母の頼みならば仕方ないと、慎重に本堂へ足を踏み入れる。壊れた床に足を取られぬようゆっくりと進めば、暗がりの向こうに血塗《ちまみ》れで壁にもたれ掛かっている男を見つけた。全身傷だらけにもかかわらず右手は刀を手放していない。見るからに不審な男だった。

「凄い血だな。死んでない？」

「縁起の悪いこと言わないの。ちゃんと息をしてるだろう」

「よく見つけたなぁ。それにしても、行き倒れって普通、道で倒れている人を指すと思うけど」

「くだらない揚げ足取りしてないで、さっさと運ぶ！」

「ああ、分かったよ」

母親に叱り付けられて、しぶしぶながら男の傍《そば》まで近づく。そこで青年は微かな違和感に動きを止めた。

「あれ」

よく見れば男の人相には見覚えがある。最近ではなく随分と昔に、どこかで見たような気がした。

「っと、いけない」

今はそれどころではない。青年は血塗れの男を抱え上げて、自宅への道を戻っていった。

◆

一人残されて、夜の湖面に意識は揺れる。

月も星もない、沈み込むような空。脳裏に浮かぶのは在りし日から変わらぬ後悔のみだ。

また守れなかった。反芻《はんすう》する言葉に責め立てられる。

憎しみを全てと信じた始まり、その途中で沢山のものを拾ってきた。余分を背負うたびに弱くなり、代わりに大切なものも増えた。だというのに意地も貫けず無様にねじ伏せられた。今までの道程になんの意味があったのか。

「あ、ぅ」

うっすら届く眩《まぶ》しさが意識を揺り起こす。差し込む光を手で遮り、ぼんやりとしたまま甚夜はぎこちなく瞼《まぶた》を開いた。

「ここは」

気付けば見知らぬ部屋に寝かされていた。

まだ頭がはっきりしない。少し体を動かすと、塞がりかけた傷が痛む。筋肉も強張《こわば》っていて、すぐには起き上がれそうになかった。

小綺麗な畳敷きの部屋には箪笥《たんす》と机程度しか調度品がなく、随分と簡素な印象を受ける。障子から光が漏れてきていることから考えて、時刻は昼頃だろうか。

「あぁ、目を覚まされましたか」

聞き慣れない男の声がした。障子を開けて入って来たのは二十過ぎくらいの、細身の青年だった。きっちりと中割にした髪型に生真面目そうな印象を受ける。

「お医者様は、見た目ほど傷はひどくなかったから二日三日もすれば動けるようになると。いやあ、正直血塗れで倒れているのを見た時は死んでいるのではないかと思いましたが」

名も知らぬ彼は布団のすぐ傍で正座し、甚夜と視線を合わせた。笑いながら体を観察し、最後に顔色を確認して一つ頷く。

「大丈夫そうですね。覚えていますか。貴方は廃寺の本堂で倒れていたんです」

マガツメに手も足も出ずやられた。多くの力を喰らい、剣の腕も磨いたが届かなかったのだ。屈辱や憎悪、後悔や失意がないまぜになっている。傷とは関係なく手足が重く、動こうという気にはなれなかった。

「貴方が、私をここに？」

「ええ。正確に言うと、母に頼まれたからですが。横になっていてください。今、母にも目を覚ましたと伝えてきます」

青年は出て行き、部屋にはまた甚夜一人になった。室内は静か過ぎて、嫌な考えばかりが浮かんでくる。しかし、まずは現状を知らねばならない。

「兼臣」

『はい、ここに』

　部屋の片隅には夜来と夜刀守兼臣が置かれていた。刀身は見ていないが、外見上壊れた様子はない。あの戦いの後だ、さすがに心配だったが少し胸を撫で下ろす。

「何があった」

『言葉の通り、先程の男性が旦那様をここに連れてきました。医師の往診を受け、それ以降は時折様子を見に来ただけ。特に不審な動きもなし。信用はできるかと思いますが』

「そう、か」

　青年の足取りを見たが、武道を修めた者の歩きではなかった。肩幅は狭く、手は綺麗で傷もない。およそ荒事とは無縁の人物だ。わざわざ手当をしたのだから、こちらに危害を加える気はないと見ていいだろう。

　警戒を解き、静かに溜息を吐く。

「少し疲れたな」

『旦那様』

　睡眠は十分にとった。体が重いと感じるのは大量の出血のせい、何より失ったものが多すぎたせいだろう。起き上がる気にはなれず、このままもう一度寝てしまおうかと思った時、近付く足音が聞こえてきた。

「入っていいかい？」

今度は女の声だ。どうぞ、と答えれば入って来たのは、藍の地に菖蒲《しょうぶ》をあしらった着物をまとった初老の女性だった。

「よかった、目を覚ましたんだね」

四十半ばといったところだろうか、年相応に頬がこけた小柄で楚々《そそ》とした佇《たたず》まいの淑女だ。女性は甚夜の傍で正座するとしげしげと顔を眺め、ゆるやかに表情を柔らかく変えた。

「まだ傷は痛むだろう？」

「ええ、少し」

「なら、しばらくうちで休んでいくといい。粥《かゆ》くらいなら食べられるだろ。用意してくるよ」

捲《まく》し立てるように女性は言う。やって来たのは、こちらの話を聞くためだと思っていたため意外だった。見ず知らずの、しかも血塗れで倒れていた怪しい男だ。普通に考えれば警戒するべきだし、問い詰めるくらいのことはしてもおかしくない。

「いえ、そこまで世話になるわけにも」

「若人が遠慮なんてするもんじゃないさ。少し待ってな」

目の前の女性は、世話をするのが当然であるかのように振る舞っている。

何故ここまでしてくれるのか。疑問に思いながらも二の句は継げられず、甚夜は出て行く彼女の背を呆然と見送るしかできなかった。

「ああ、食欲はあるみたいだね」

女性が出してくれた粥を食べ終えると、腹が膨れたせいか少しだけ眠気が出てきた。瞼が重くなってきた辺りで食器を片付けた女性が戻ってきて、甚夜の様子を見て少し笑った。

「眠くなったんなら寝ときな。夕食の時には声を掛けるよ」

彼女の中では甚夜が泊まることは決定事項らしい。その振る舞いに、どうしても違和感を覚えてしまう。彼女の目は疑いや怖れといった感情が欠片《かけら》もない。それどころか心底楽しそうにしている。現状が不思議過ぎて、甚夜は彼女の真意を測りかねていた。

「何故、私を助けてくれたのですか」

真っ当な輩《やから》ではないと初めから分かっていたはずだ。問いに女は表情を変えず、くつろいだ様子で答える。

「人を助けるのに理由がいるかい」

「貴女には不要でも、私の納得には必要です。明治の世に帯刀し、血塗れで倒れていた男。助ける理由が善意では少し足らないでしょう」

「融通が利かないねぇ」

くすくすと笑う。母親らしいとでもいうのか、わがままな子供を諭すような優しい笑い方だった。

「だけど善意以外の理由は本当にないんだ。敢えて挙げるなら、あの刀だね」

部屋の隅に置かれている二振りの刀、特に夜来を見つめている。

意味が分からず言葉に窮すれば、彼女はおどけた調子で続けた。

「多分あたしは、あんたの父親を知っているよ」

どくんと心臓が脈打ち、わずかに数秒機能を放棄する。

呆気《あっけ》にとられた。実父の重蔵《じゅうぞう》も、育ててくれた元治とのことも深い傷として残っている。薄れていた警戒心が再び湧き上がってくる。

「あの刀の前の持ち主、あんたの親父さんだろう？　髪型は違うけど面影がある。というか瓜二つだよ」

しかしそれも一瞬、どうやら勘違いだったらしい。

蕎麦屋をやっていたため今は髪を短く整えているが、江戸にいた頃は総髪だった。また、鬼であるが故に歳を取らない甚夜の容姿は十八の頃で止まっている。おそらく彼女とは若い頃に出会っており、夜来を持つ甚夜を見て総髪の男の息子だと勘違いしているのだろう。

「おっと、名乗るのを忘れていたね」

女性は、懐かしむような遠い目でゆるりと微笑む。

「あたしは三浦《みうら》きぬ。あんたの親父さんの古い知り合いさ。あいつは、夜鷹なんて呼んでいたけどね」

今度こそ心臓が止まったような気がした。夜鷹はかつて情報屋として協力してくれた人物で、友人の妻でもあった。甚夜にとっても懐かしい、できれば会いたくなかった女だ。

「そういや名を聞いてなかったね」

思い出したように夜鷹は声を上げ、甚夜はぴくりと眉を動かした。名乗るのはまずいが、戸惑えばあらぬ疑いをかけられる。なるべく自然に間を置かずに答える。

「甚太。葛野甚太と申します」

選んだのは昔の名だ。嘘は吐いていないし、これなら呼ばれて気付かないといった失敗もないだろう。

「そうか。親父さんの一字をもらったんだね」

細めた目は記憶の中の彼女と重ならない。

夜鷹という女は、甚夜にとって理解し難い人物の一人だった。決して嫌いではない。特別な感情は抱いてはいなかったが、それなりに信用も信頼もしていた。ただ二人の関係を問われれば、どうにも表現しにくい。

江戸にいた頃は、夜鷹から鬼の情報を流してもらっていた。傍《はた》から見れば単なる客だろうか。仕事相手で済ませるほど無味乾燥でもなかったが、友人にしては互いのことを知らないし恋仲のような甘さもなかった。結局、うまい表現が見つからないままそれなりの時間を過ごし、気付けば夜鷹は友人の妻という立ち位置に落ち着いた。いつの間にか結ばれた二人に面食らったことをよく覚えている。

「まあ、そういうことだから気にせず泊まっていきな。昔、あんたの親父さんには稼がせてもらったからね。その分のお釣りだと思ってくれればいいさ」

皺《しわ》の増えた顔は歳月の流れを否応《いやおう》なく感じさせた。よく見ればあの頃の面影は確かに残っている。なんとなしに居心地の悪さを感じていると、急に立ち上がった夜鷹はにやりと不敵に笑う。

「それじゃあね、甚太。今はゆっくりと休みな」

離れていく後ろ姿は綺麗に見えて、その分複雑な心境にもなる。

叶うならば会いたくはなかった。彼女の夫を斬り殺した、その手触りはまだ残っていた。


二日目の朝。

目を覚ましても夢と現《うつつ》をさ迷うような曖昧な感覚がまとわりつく。目覚めの気分は最悪だった。

多少は体を動かせるようになったので、甚夜はまず庭へ訪れた。不快感を和らげるために、部屋を出て外の空気を吸おうと思ったのだ。しかし朝の清澄な空気も、陰鬱な心地を拭い去ってはくれない。

野茉莉と夜鷹。失ったものと奪ったもの。二つの後悔に苛《さいな》まれながら、ぼんやりと庭に植えられた杜若《かきつばた》を眺める。濃紫色の花は燕《つばめ》の飛び立つ姿に似ているから燕子花とも書くそうだ。花については昔、おふうに教えてもらった。何もかも失って、残ったのはこの程度かと自嘲する。

そろそろ部屋に戻るかと振り返れば、ちょうど通りかかった青年と目が合った。

「おや、もう起きて大丈夫なのですか」

「忠信《ただのぶ》殿」

既に朝食を済ませ、仕事に出かけるところなのだろう、忠信は洋装に着替えている。

この青年が直次の息子だと知った甚夜は奇妙な心地で応対していた。なにせ甚夜にとって忠信は、私塾に通っていた頃の子供の時の姿で止まっている。それが立派な大人になって働いているのだから違和感は強かった。

「しかし、なるほど」

「どうかしましたか、忠信殿」

ここにいる間は甚夜の息子という立ち位置で通すと決めた。直次を斬った事実が、正体を晒すことを躊躇《ためら》わせた。

「いえ、甚太さんはやはりお父さんに似ていると思いまして。実は私も、あなたのお父さんにはお世話になったんですよ。もう十五年以上前になります」

まだ子供だったが、忠信はちゃんと覚えているらしい。こくこくと何度も頷きながら、懐かしそうに薄く目を細める。

「そう言えば野茉莉ちゃん、お姉さんは元気ですか」

「ええ」

「そうかぁ。いや、本当に懐かしい。きっと綺麗になったんだろうな。っと、すみません。私はそろそろ行きますので、甚太さんは無理せず養生してください」

いそいそと忠信は仕事へと出かける。そう言えば、小さな頃の彼は野茉莉を気に入っていた。何かが違えばあの子の隣にいるのは平吉ではなく忠信だったのかもしれない。


三日目の朝。

布団で上半身だけを起こし、粥を食べ終える。体調が優れず血色が悪いままの甚夜の額に夜鷹がそっと手を添えた。

「顔色が悪いね」

熱はない。体の方を見ても血は滲《にじ》んでおらず、経過自体は悪いものではなかった。

ただ何もしないでいると余計なことばかり頭に浮かぶ。重蔵を殺し、喜兵衛の店主に諭されても生き方は曲げられなかった。間違いと知りながら意地を張って進んだ先で、野茉莉や染吾郎を失った。

『だからどうか、何一つ為せなかった私の刀に、振るうに足る意味を』

直次も同じだ。時代の流れに乗れず苦しむ彼を、望まれるがままに斬った。正しいと信じた選択に後悔はない、そう思うはずなのに息苦しくなる。

「すみません」

「謝ることじゃないさ」

表情が暗いのは自覚している。死んだ魚の目というのが当て嵌《は》まるだろう。そのせいか夜鷹の接し方が柔らかい。以前とは違うやりとりが今一つ馴染《なじ》まなかった。

「ここには、忠信殿と二人で？」

「ああ。前は違うところだったけど、二人で住むには広すぎたから」

そう語る彼女は老いたがやつれてはいない。直次の死後も困窮せずにそれなりの暮らしはしていたらしい。

「うちの旦那は武家の生まれでね。政府側についた一人だったんだよ」

視線に気付いたのか、夜鷹が苦笑を浮かべた。

「戦に参加して、生き残った。家族三人それなりに楽しくやってきたんだ。けど、やっぱり男ってのは馬鹿だね。その上うちの旦那は頭にくそが付くくらい真面目でさ」

口調とは裏腹に表情は穏やかで、寂寞《せきばく》も悲哀も感じさせない。安らいだ空気はまるで子守歌を口ずさむようだ。

「まっすぐに生きてきたあの人には、明治はちょいと生き辛《づら》い世の中だったんだろうね。廃刀令で刀を奪われて、今までやってきたことも否定された。最後には武士でありたいなんて言って、出てっちまったよ」

その後の話は甚夜の方がよく知っている。血の一滴まで刀でありたいと願った友は死に場所を求めて決闘を挑み、最後には満足そうに逝った。望んだ死に様を与えてやれたとは思うが、痛みを感じないわけではなかった。

「止めは、しなかったのですか」

「男が意地張ってんのに、どの面下げて止められるんだい」

茶化して誤魔化すようなことはしない。素直に胸の内を晒す直次と結ばれたからか、それとも母となったからなのか、以前の夜鷹とは違った趣がある。

「傍から見れば、あの人は妻子を捨てて出てっただけなのかもしれない。でもね、あの人は自分の死に方を選んだんだ。ならあたしにできることは、御見事と称えてやるくらいだろう。それが、武家の女ってもんさ」

そう語る彼女のあり方はとても強い。例えるならば寒葵《かんあおい》の花か。木の根元に咲くため葉をかき分けなければ見えないが、静かに冬を彩る優しい色。寒さに耐えてひっそりと咲く、慎ましやかな強さだ。

「まあ、あたしがそういう女じゃなかったら、あの人は今も傍にいてくれたかもしれない、とは思うけどね」

それでも彼女の横顔にはわずかな憂いが映り込む。

不意に見せた寂しさに見たのは、甚夜の知る夜鷹の表情だった。

四日目の夜。

甚夜は部屋を抜け出して、独り縁側に腰を下ろしていた。

夜空には銀砂の星が広がっている。そこから顔を覗《のぞ》かせる琥珀《こはく》の月が庭を染め上げていた。

そういえば以前、染吾郎から聞いたことがある。清（中国）では月には嫦娥《じょうが》という仙女が住んでいるという。確かにこの儚《はかな》げな美しさは、たおやかな女性を連想させる。零《こぼ》れ落ちた輝きさえここまで人の心を打つのならば、月の仙女は絶世の美女なのだろう。

くだらない想像を浮かべ、何をするでもなく月に見入る。

鬼の再生力は人の比ではなく、既に傷は完治している。目的も明確だ。マガツメを追い、討ち果たす。初めからそこは揺らいでいない。

なのに、何故いつまでもここにいるのか。

この四日間、甚夜は何もせず寝て過ごした。体を鍛えるどころか刀も握っていない。それではいけないと分かっているのに、無為に時間を過ごして気付けば日は暮れている。

「私は、何をしているんだろうな」

呟いても答える者はいない。思えばいつも誰か隣にいてくれたような気がする。それを今になって思い知るのだから救いようがない。

見上げた先、透明な空気に映える月はどこか冷たい。

ぼんやりと時間を過ごしていると、ぎしりと縁側の板が鳴いた。

「月見かい？」

「きぬ殿」

「暇なら、月を肴《さかな》にこいつでもどうだい」

手にしたお盆には徳利《とっくり》と杯《さかずき》が載っている。こちらの返答も聞かず夜鷹は隣に座ると、押し付けるように杯を渡して無理矢理一杯目を注ぐ。

「嫌いじゃないだろう？」

悪びれた様子はなく、からかうように口角を吊り上げる。

秋には遠いが酒を呑むにはいい月だ。一度頭を下げて、杯を呷《あお》る。喉を通る熱さが心地好いはずなのに、何故か旨いとは思わなかった。

「聞かないのですね」

何も言わず酒を呑み続け、一息ついたところで呟く。彼女は思い悩む甚夜を気にしてくれていた。月見酒を楽しむというのも方便で、わざわざ話す機会を設けてくれたのだろう。

「話してくれるなら聞くよ」

「それは」

それでも自分から切り出さなかったのは、甚夜が話せるようになるのを待っていたからだ。

夜鷹が苦笑する。馬鹿にしたのではなく、子供を窘《たしな》めるような優しさがあった。

「あんたは分かり易いねぇ。ならさ、私の惚気《のろけ》話を聞いてもらおうか」

「のろけ、話」

「そう。あたしと旦那の話だよ」

くいと酒を流し込み咽喉《のど》を潤すと、彼女は自慢げに語り始めた。

「私は元々夜鷹、街娼でね。江戸で適当に男を見つけて体を売って暮らしてた。あんたの父親と知り合ったのも、ちょうどその頃。在衛《ありもり》様、旦那と会ったのも」

三浦直次は女心を解さない唐変木で、たまの逢瀬で行きつけの刀剣商を訪れたり、誰に聞いたのかいかにも覚えたての花の知識を披露しながら贈ってみたりと、彼女を呆れさせることも多かったらしい。しかしここぞというところでは男らしく、夜鷹を妻に迎えるため母親に土下座して頼み込んだ。直次が言うには『きぬに比べれば、わたしの頭など軽くて当然でしょう』とのことだ。傍から見れば間抜けでも、彼女にとっては最高に格好いい男なのだと自慢げに語ってくれた。

「なんだかんだでお義母《かあ》様が折れてくれて、私達は結ばれた。子供も生まれて、そりゃあ幸せだったよ」

だが、それも長くは続かなかった。

異国の影響に幕府の衰退、変わり往く時代の犠牲になるのは力ない者達だ。それを見捨てるには直次は武士であり過ぎた。新しい世のために彼は戦う道を選び、妻となった夜鷹は支えようと寄り添った。

「勿論《もちろん》、一緒にいたかった。でもそれ以上に、あの人の迷いを晴らしてあげられる自分でありたかった。いけないねぇ、どうにも我が強くて。結局あの人の前では、夫の後ろに控えるような可愛い女ではいられなかったよ」

その後、直次は戊辰《ぼしん》戦争に参戦し、マガツメの手によって鬼に変えられた。失われていく刀の意味を繋ぎとめようと辻斬りとなり、最後には甚夜に挑み命を落とした。

「ちゃんと聞いてたんだ。自分は鬼に堕《お》ちた、あんたの親父さんに決闘を挑む。何一つ為せなかった刀にも、最後には振るうに足る意味が欲しいって。……本当に、馬鹿な人。あたしたち家族三人が普通に暮らせる世を作ったのに、意味がないなんて言うんだからさ」

そう思っていても夜鷹には止められなかったのだろう。今生の別れになるとしても夫の願いや意地を、何よりその生き方を否定することだけはできなかった。

「断っておくけど、あんたの親父さんは恨んじゃいないよ。あいつも不器用だからねぇ。あの人の言葉をまっすぐに受けて、まっすぐに返したんだろうさ。あいつが在衛様を斬ったとしても、感謝こそすれど恨むのは筋違いだ」

語り終えた夜鷹は、空になった甚夜の杯に酒を注ぐ。月に濡れた老婦人の佇まいには薄絹のような憂いがあって、彼女が堪《こら》えている感情に何となく気づいてしまった。

「後悔、しているのですか？」

夜鷹は杯を空けて、冬枯れの花を想起させる物悲しい微笑みで答えてくれた。

「当たり前だろう。あたしは選んだ答えが間違いだなんて思っていない。それでも苦しいとは感じるし、少しは考えるさ。あの時止めていたら、違った今があったのかもしれない。そんな風にね」

彼女の気持ちが分かり過ぎるくらい分かってしまう。

今まで歩んできた道程に後悔はなく、これから進む先に不安などない。

なのに、なぜこうも苦しくなるのか。

甚夜は何かを避けるように俯《うつむ》いて目を伏せた。すると夜鷹は、すっと手を伸ばし甚夜の頬に触れ、頬から顎へ指で輪郭をなぞる。

「正しい道を選べたって後悔くらいするさ。人間、そこまで強くはなれないよ」

その感触に顔を上げれば夜鷹は困ったようにはにかんだ。

「貴女も？」

「これでも結構泣いてきたんだよ。忠信に聞いてごらん、母さんは泣き虫だなんて言うに決まってる。いつだってあたしは後悔してきた。あんただって、そうじゃないのかい？」

答えられず口ごもれば見透かすように夜鷹は言う。

「何があったかは知らないけど、随分疲れているじゃないか」

そう言えば夜鷹は仕事柄か心の機微に敏《さと》かった。普段ほとんど表情を変えない甚夜の内心を読み取る数少ない人物だった。いつだって彼女の前では隠し事ができなかった。

「私は、勝たねばならぬ相手に敗北しました」

素直に心情を吐露した。今さら取り繕う意味は感じられなかった。

「積み重ねた歳月の中、大切だと思えるものを見つけた。間違えた生き方でも救えるものはあると。憎しみに身をやつしてもそれが全てではないと。力ではない強さの価値を、出会えた人々が教えてくれた」

間違いの始まりであったとしても、歪んだ道の途中であっても尊いものに出会えた。あり方を濁らせる余分も、己を作る一つなのだと胸を張って言える。

「なのに、その正しさを証明できなかった。それはひとえに己の未熟。何より選択を間違えてきたから。貴女のいう通り、私は後悔しているのでしょう。そして動くことさえできない」

傷が治ったのに初めの一歩を踏み出せないのは、心が慄《おのの》くからだ。あまりに失くし過ぎたせいで希望を持てないでいる。間違えた道の先。辿り着いてしまった今という末路に、甚夜はどうしようもなく怯《おび》えていた。

「本当に、男ってのは馬鹿だね。いや、この場合馬鹿なのはあんたか」

夜鷹は肩を竦《すく》め、ゆるやかな息を零した。変わってしまった彼女に、もう違和感はない。歳月の重さを噛みしめるように、ゆっくりと甚夜は頷く。

「はい。私は愚かだった。そのせいで、全てを失くしてしまった」

「そうじゃない。まったく、そんなとこまで親父さんに似なくてもいいだろうに」

首を横に振り、夜鷹は甚夜の言を否定する。

「可哀想に。今まで、誰も教えてくれなかったんだね」

「きぬ、殿?」

真面目な顔で説教をするような重苦しさはなかった。寄り添うような真摯さもなく、むしろ投げ捨てるような調子で夜鷹が言う。

「辛い時は、辛いって言っていいんだよ」

拙《つたな》い慰めに甚夜は固まった。胸の奥に届くにはありきたりすぎる言葉だ。それでも揺さぶられたのは、夜鷹の目に包み込むような優しさがあったからだ。

元治は憎しみを大切にできる男になれと死に際に遺した。喜兵衛の店主は悲しんでもいつかは笑えるようにと諭した。夜鷹だけが泣き言を吐いてもいいのだと言ってくれた。

「あんたは強いのかもしれない。だけど、いつでも強くある必要はない。当たり前じゃないか。泣いたって、弱音を吐いたっていいんだ。誰もあんたを責めてなんていないさ」

頭が真っ白になる。

「あ、あ」

「馬鹿だねぇ。今まで涙は零しても、しっかり弱音を吐いてこなかったんだろう？ そりゃあ動けなくもなるよ。大丈夫、ここにいるのはあたしと月くらいだ。みっともなくても笑い話で済む」

甚夜は泣いた。子供のように両目から大粒の涙をぼろぼろと零す。

そんな泣き方をしたのは白雪が死んだ時くらいだ。

弱音なんて吐けるわけがなかった。巫女守《みこもり》として父として、強くあろうと意地を張って生きてきた。こうやって無様に心情を吐露するのは初めてだった。

「私は、大切なものを守れなかった」

「うん、それで」

堰《せき》を切って流れる泣き言を、夜鷹は嫌な顔一つせず受け止めてくれている。

「守りたかったものを、切り捨ててしまった。そのくせ斬るべきものを斬れなかった」

「そうか」

「私は、何もできなかった」

「辛かったね」

「何もかも、失くしてしまった。本当は……みんな、みんな、守り、たかったのに……っ！」

後悔だとか正しい道だとか気取った科白《せりふ》はいらない。ただ悲しく寂しかった。人として当たり前の感情を、父だから鬼だからと様々な理由をつけて見ないふりをしてきた。それでも耐えられてしまう程度には強かった。動けなかったのは、そのつけが回って来ただけの話だ。

かつて〈不抜〉の力を持っていた鬼の土浦にも、同じようなことを言った覚えがある。他人には言える癖に自分のことはなおざりになっていた。

本当は、弱くてもよかったのだ。

「何もかも抱えてくるから荷物の重さで動けなくなるんだ。ここで少しくらい吐き出していきな。そうすればまた、明日からは歩けるようになる」

涼やかな風と月の光に濡れた庭、今夜は景色さえも優しく映る。案外と月に住む仙女が気を利かせてくれたのかもしれない。

「あ、ああぁ」

「大丈夫、大丈夫だよ」

夜鷹があやすように髪を撫でる。細く骨ばった、ところどころ傷のある苦労してきた母親の手だ。

甚夜は琥珀の月夜の下、しばらくの間泣き続けた。

もう悪夢は見なかった。

五日目。

ぼろきれのようになった着物の代わりに、夜鷹が同じ意匠《いしょう》のものを準備してくれていた。久しぶりに寝間着以外に袖を通し、軽く体を動かして筋肉を伸ばす。やはり少し硬くなっている。勘を取り戻すのに数日はかかるだろう。腰に刀を差すのも五日ぶりで、慣れ親しんだ重さに一つ頷く。やはりこうでなくてはいけない。

『旦那様、少しは、疲れは取れたでしょうか』

「からかってくれるな。もう大丈夫だ」

兼臣とのやりとりにも調子が戻ってきた。

随分と長い間立ち止まってしまった。しかし問題はない。失ったものは多く後悔もあるが、ちゃんと前は見えている。

「少しは元気になったじゃないか」

夜鷹がからかうような視線を送ってくる。それを真正面から受け止めて、甚夜は深く頭を下げた。

「きぬ殿。昨夜はありがとうございました」

「あたしは何もしてないさ」

「そんなことは。私には初めての経験です。泣くというのは悪いものでもないのですね。心が軽くなりました」

「何言ってんだか。そんなこと、そこらを走り回っている子供だって知ってるよ」

昨夜の醜態には触れず、軽い笑みで返してくれた。その心遣いがありがたい。おかげでしっかりと歩いて行けそうだ。

「お世話になりました。そろそろお暇《いとま》しようかと思います」

「そうかい、残念だが仕方ないね」

別れの際に本当の名を明かそうかとも考えたが、結局は名乗らなかった。夜鷹は面識のなかった知り合いの息子に手を差し伸べてくれた。その事実を大切にしたかった。

世話になったから金を払うと言えば、必要ないと突っぱねられた。それを何度か繰り返して最後には甚夜が折れて、もう一度頭を下げて終わりとなった。

「では、きぬ殿。貴女に会えてよかった。本当に、お世話になりました」

「はいはい。ああ、そうだ。親父さんと瓜二つって話、なしにしといてくれ。あんたはあっちよりも随分男前だよ」

甚夜の背中を強く叩き、そう言う彼女の方こそ男前な笑顔を浮かべる。

「なにせ、あいつはほんとに頑固だったからね。そうやって素直な方が可愛げがあるってもんさ」

見当外れな褒め言葉が嬉しかった。あの頃から少しでも変われたのだと認めてもらえたような気がしたから。

「じゃあね。泣きたくなったらまた来ればいい。そんな心配は、もういらなさそうだけどね」

「はい。ありがとうございました」

散々泣いた挙句に背中を押されて、甚夜は一歩を踏み出した。

今まで足を止めていたのはとるに足らない恐れだったと、再び進み始めた今ならそう言える。

強くなったのではない。むしろまた一つ弱くなった。

甚夜は、誰かの前で泣けるだけの弱さを手に入れたのだ。苦難を越えて得たものにしては物足らないかもしれない。しかし傍にいられなくても残るものがあった。幸福の日々は灯火《ともしび》となって今も胸に息づいている。

だから今はただ、この偶然の再会がくれたものに、琥珀の月夜に感謝する。

『どこに行きましょうか。旦那様』
「さて。歩きながら考えればいいだろう」
『ふふ、そうですね』
交わす言葉さえ軽やかに、また彼は流れる。
一人静が風に揺れた。
京の町に別れを告げた。

（鬼人幻燈抄　明治編　完）

……琥珀の月夜に、あの男は選択を間違えたのだと語った。

しかし、きぬはそう思わない。ただ、少しばかり焦点がずれていたのだろう。選んできた道がどのようなものかは知る由もないが、彼が何かを間違えたと言うのなら、おそらく強くあろうと決めたことだ。願った自分を貫ける程に彼は強く、躓《つまず》かないよう必死になって歩いてきた。だから彼は、本当なら子供の頃に誰もが教えてもらえることを学べなかった。

辛い時は辛いと言えばいい――それは諭すというほど特別な内容ではない。しかし彼の傍にいた者は、近ければ近いほど安易な慰めを口にできなかったに違いない。

きぬにお鉢が回ってきたのは繋がりが曖昧だったせいだ。家族や友人のような親しみがなく、恋仲になるほどの熱もない。深い絆だとかいう大層なものを持ち合わせていなかったからこそ無責任に弱音を吐けと言ってやれた。おかげで不器用で融通の利かない馬鹿な男が、俯いてしまって明日を見ることのできない心が、ちゃんと前を向けるようになったのだ。それを考えれば、何ものでもないという関係も悪くはない。

気分がいいと作業も進む。机に向かうきぬは淀みなく筆を走らせていた。

「母さん、甚太さんは？」

「怪我がよくなったみたいでね。今日出てったよ」

「本当に？　もう少し話したかったな。お父さんのこととか、あと他にも色々」

仕事から帰ってきた忠信は残念そうに肩を落とす。

「今どこに住んでいるのか聞いてない？」

「そういや忘れてた。ま、どっちにしろ京から離れるみたいだったけどね」

忠信は昔から野茉莉に対して好意を抱いていた。この機会に縁を手繰り寄せたかったのかもしれないが、うまくいかず拗《す》ねたように唇を尖らせている。

「ところで、さっきから何書いてるの？」

「手記だよ。あたしの人生もいろいろあったからねぇ」

平凡とは程遠い過去だが、かつて通った道を辿り書き記していく作業は存外面白い。

「ふぅん」

「なんなら、書きかけだけど読んでみるかい」

受け取って目を通した忠信は顔を顰《しか》めた。

内容は直次ときぬの恋物語が主軸になっており、多少の誇張はあれど大方は事実だ。

ただし、直次の友人である甚夜という浪人の扱いは致命的に酷《ひど》かった。剣はそこそこだが万年金欠で、直次に蕎麦を奢《おご》ってもらい食いつないでいる。喜兵衛という蕎麦屋に通っているのは、それを期待してのことである。見せ場として設定したきぬが怪異に襲われる場面でも、助けに来るも一歩間に合わずに結局直次が解決してしまう。子供ができてからは親馬鹿で、娘の言葉に一喜一憂して辺りを走り回るといった有様だ。

その他もろもろ、きぬは手記の中で甚夜のことを面白おかしい三枚目の人物として描いた。

「なぁ、これ甚夜さんを悪く書き過ぎてないか？」

勿論、現実の甚夜とはまったくもって一致しない。

浪人であるのは事実だが、直次はその友人を誰よりも信頼していた。剣の腕に至っては「刀一本で鬼を討つ」とまで謳《うた》われた剣豪で、庭で稽古をしていた時も直次は簡単にあしらわれていた。幼い忠信も無骨な太刀を操る剣豪に憧れていたため、内容には不満があるようだ。

「いいんだよ、これで」

想像通りの反応を見ながら、きぬはけたけたと笑った。

「あいつが読んだ時、こっちの方が面白いじゃないか」

「そんな機会はないと思うけど」

「何言ってんだい。もう会うこともないと思っていた奴と再会できたんだ。これからだってそんなことがないとは限らないだろう?」

きぬは忠信から手記を受け取り再び書き始める。

一段落つけてから手を止めて、すっと目を細めた。

「だからいつか、十年か二十年か。もっと先になるかもしれないけどね。何かの偶然でこの手記が残って、あいつの手に渡って。もし読んだなら、こう言うんだ。『中々に面白い。が、ことごとく私が無能に描かれているのは解せんな』なんてね」

変に生真面目な甚夜をからかうのは楽しい。仏頂面がありありと想像できて笑いが堪えられなかった。

「懐かしんで感傷的になるのだけが思い出じゃないよ。振り返って、何してくれてんだあの馬鹿女は、とでも思ってくれればいいんだ。そう思えたならきっと、あいつは泣かずに笑っていられれる。誰かの隣で私に悪態でも吐いてくれれば最高さ」

　つまりは選択の話だ。

　きぬ自身が生きる上で幾度も選択肢を突き付けられてきた。その結果として生家は没落して街娼に身を落とし、結ばれた直次を亡くすことにもなった。しかし後悔はないし、そもそも与えられた選択肢に明確な正解があったとも思わない。正しい道だけを選び取って生きていくなど、おそらく誰にもできない。

　だから本当に大切なのは「何を選んだか」ではなく「どう生きたか」だ。選択の先にある困難を真摯に受け止めて乗り越えていく。もしもそうあれたなら、行き着いた先が袋小路でも「あなたは間違ってない」と肯定してくれる誰かがいるだろう。

　あの男のこれからが、そうあって欲しいときぬは思う。

「だから浪人、安心しな」

　いつかこの手記が、『雨夜鷹』が彼の目に留まればいい。そしてどうかこの手記を紐解《ひもと》く時には、隣に馬鹿な彼を笑ってくれる誰かがいてくれますように。

　願いの行方を知ることは叶わないが、代わりに文字を綴《つづ》る。

　特別な感情こそなかったが、必死に頑張った貴方がいつか報われて欲しいと思う。

「あんたがいたことの意味くらいは、ここに記しといてやるからさ」

　颪に乗せるようにそっと呟く。

　今を生きる者には遥か遠くは見通せない。この手記が本当に届くのかは、彼自身に確かめて来てもらうとしよう。
きぬは去っていった背中に小さく祈りを込める。
遥か遠い未来にしたためた悪戯が届く日を想像しながら。
ゆるりと、夜鷹はいつかと同じように微笑んだ。

（大正編へ続く）

幕間　未熟者の特権

人生足別離。

唐代の詩人である于武陵《うぶりょう》が詠んだ『勧酒』という詩の一節だ。意味は「人生に別離はつきものである」といったところか。

付喪神《つくもがみ》使いの教養だと三代目秋津染吾郎に教わったのだが、酒をやらないせいか印象の薄い詩だった。それが今になって身につまされるのは、師に比べればまだまだ未熟ではあるが、相応の経験を積んだということなのだろう。

あの騒動から二年が経ち、宇津木平吉の暮らしは落ち着いている。

相変わらず京の町ではあやかしをちらほらと見かけるが、マガツメの噂はとんと聞かなくなった。このまま平穏無事にいくとは思えないが、ひとまずの目的を達成したからか今は大人しくしているようだ。

師匠が亡くなった後、平吉はかんざし職人として独り立ちした。専門は桜などを使った木製の簪《かんざし》だが気分次第でつげ櫛や根付《ねつけ》も作る。女性向けの装飾品や小物を専門にした木彫り職人という方が正しいだろう。本来ならばそこまで手広くやる職人は少ないのだが、なにせ三代目秋津の直弟子だ。師匠が木彫りだけでなく金工までこなせる才人だったため、その薫陶《くんとう》を受けたのなら多芸であっても頷けると周囲にも受け入れられていた。

四代目秋津染吾郎の品は出来がよく、愛用するご婦人方も多い。もっとも平吉自身は退魔としての秋津に重きを置いており、かんざし職人はあくまでも世を忍ぶ仮の姿だと考えていた。

「旦那様、朝餉《あさげ》の支度ができましたよ」

「おう、悪いな野茉莉」

あれからの変化はいくつかあったが、やはり大きなものは野茉莉との関係だ。

事件の後、程なくして二人は夫婦となり、三代目の住居を改築して暮らしている。婚姻は家同士で執り行うのが普通だが、お互い親がおらず互いの望みで結ばれた。二人は仲睦まじいと近所でも評判の夫婦だった。

「桜の簪、求められる方が増えましたね」

「あれは思い入れが違うわ。男としての意地ってやつや」

桜の木を素材にし、細かな彫刻を施した平吉の自信作だ。売れ行きが好調なのは作品自体の出来は勿論《もちろん》のこと、ちょっとした逸話のせいもあるだろう。

もともとこの桜の簪は野茉莉への贈り物だった。愛する妻のために夫が心を込めた逸品だと噂が流れ、感銘を受けた女性達が同じ意匠《いしょう》を求めたのだ。実際には桜色のリボンを贈った男に負けたくないという反骨からだったが、それは今さら言えない話である。

「良家のご婦人方も気に入ってくださったようです。私達を『鴛鴦《えんおう》の契り』と評しておられましたよ」

「付喪神使いなんやから、『琴瑟相和《きんしつあいわ》す』とでも言って欲しいもんやけどな」

夫婦円満に見えているなら嬉しいが、鳥に例えられるよりも楽器の方が秋津には似合う。小さなこだわりが面白かったようで野茉莉が柔らかく微笑む。

「そういえば、今日は荒妓稲荷に行くんやったか」

「ええ。桃をおすそ分けしてくださるそうです。もしよろしければ旦那様も行きませんか？」

「せやなぁ、せっかくやし挨拶くらいはしとこか」

荒妓稲荷の神主夫妻とは今でも縁がある。今回は向こうからの誘いで、頂き物の桃をわざわざ分けてくれるのだという。

「でしたら用件を済ませた後は通りを冷やかしましょうか」

「そらええなぁ」

お高めの果物をもらうよりも野茉莉と町を見て回れる方が楽しみだ。桜の簪にまつわる噂がかすむほどに、平吉は妻に惚《ほ》れ込んでいた。

「お、よう来てくれたなあ、お二人さん。今日はどないしたんや？」

ちよに渡す菓子を買うため三橋屋に寄ると、三橋豊繁が嬉しそうに迎えた。

豊繁は平吉自身も付き合いがあるため邪険にされたことはない。むしろよくぞ夫になってくれたと礼を言われたくらいだ。そのくらい三橋屋の面々は野茉莉を可愛がっていた。

「饅頭《まんじゅう》をいただけますか。知人の家を訪ねるので、お土産にしようと思いまして」

「そうか。ちょっと待っとき。おまけしたるさかい」

「お朔さんに怒られませんか」

「ええてええて、どうせ何もせんでも怒られるんやから」

こうまで好意的な理由は、彼が野茉莉の親代わりと言ってもいい人物になっているからだ。野茉莉は元々捨て子であり、以前は違う土地で知人を頼って暮らしていたのだが明治になってから京へ移ったらしい。

当時まだ子供だった彼女の面倒を見たのが三橋屋の面々だ。豊繁は親のいない彼女をたいそう憐れみ、小さな頃から色々と世話を焼いた。妻である朔も実の子のように可愛がったそうだ。その溺愛ぶりは三橋屋で一番の人気を誇る菓子の名称からも分かる。カステラ生地に餡《あん》が入った野茉莉あんぱんは、豊繁が名付けたのである。

歳を重ねた野茉莉は蕎麦屋で働き生活の糧を得ていたのだが、店の主人が老齢で引退したため職も住居もなくしてしまった。ここでも夫妻が気遣い、彼女は三橋屋に身を寄せた。そして幼い頃から想いを通わせていた宇津木平吉と結ばれ、苦難を乗り越えて幸せになったのだ。

少なくとも、平吉以外の人間にとってはそれが真実だ。誰に聞いても同じような話が出てくるのだから、東菊の異能はよくできている。

結局あれから甚夜は戻らなかった。野茉莉だけでなく知人・友人にも忘れられているのだ、父親を自称しても不審な人物と思われるだけだろう。

あれだけ客がいたのに誰一人として甚夜を知らないことに疑問はあったが、仮説ならいくつか浮かぶ。

単純に東菊の力量を誤解しており初めから広域での行使ができた、またはマガツメの干渉によって力を強めた可能性もある。そうでなかったとしても、彼女は癒しの巫女として多くの人々に接触していた。その時点で仕込みを済ませていたのかもしれない。

なんにせよ平吉は最初から東菊の掌の上で転がされていたのだろう。騙されたとは思わないし怒りもないが、何も知らずにいた自分がひどく悔しい。

「旦那様？」

「おう。済んだんやったら、そろそろ行こか」

土産の饅頭を抱えて、二人は店を後にした。

そう言えば最近は野茉莉あんぱんを買っていない。野茉莉あんぱんを見ると、どうしても親馬鹿な彼女の父親のことが思い浮かんでしまうからだ。

気後れせずに味わえるようになるまでは、まだ時間がかかりそうだった。

荒妓稲荷神社は平吉にとって特別な場所だった。

まだ先代染吾郎が生きていた頃は甚夜ら親娘も誘って縁日を回るのが毎年の恒例で、祭りの熱に浮かされて師弟で騒いだのもいい思い出だ。野茉莉もここを気に入っており、夫婦になってからも時折二人で足を運んでいた。

神主に聞いた話だが、ここには狐の鏡という祭器が納められているそうだ。なんでも時渡りを可能とする呪物だったが、今では力を失い平凡な鉄鏡になってしまったらしい。期待していたわけではないが、物事は都合よくいかないものである。

「ああ、宇津木さん。ようこそおいでくださいました」

境内にいたのはここの神主である国枝航大だ。昔から知っているだけに随分老けたように感じる。

「お二人ともおいでやす」

一呼吸おいてから彼の妻であるちよも淑《しと》やかな笑みで迎えてくれる。物腰の柔らかな夫と淑やかだがしっかりと彼を支える妻。今でも愛情を向け合って寄り添う老夫婦の姿は、平吉の密かな憧れだった。

「航大さんもちよさんもお元気そうで何よりです。こちらどうぞ」

「あら、三橋屋さんのお菓子ですか。気を遣わせてしもたねぇ」

歳こそ離れているが妻同士は普段から親しくしているため、土産を渡した後も話が弾む。そこにうまく割り込めない平吉らは互いに目を合わせて苦笑した。

「平吉さん、調子はどないですか」

「まあ、ぼちぼちやってます」

「噂は聞いてますわ。なんでも、愛する妻に贈ったという桜の簪が人気やて」

「あんまりからかわんといてください」

知人にまで噂について言及されるのはさすがに恥ずかしくなる。適当に切り上げると航大が穏やかに笑い、話に区切りをつけた。

「と、あまり引き留めても申しわけないな。お二人で来たんやったら、この後にも予定がありますやろ」

「はは。帰りに通りを冷やかそう、くらいのもんですけど」

「せやったら早速約束の桃を持ってきますわ」

合わせるように女性陣の会話も終わり、航大が神社の奥へ下がろうとする。野茉莉が横目でこちらを見たため小さな頷きで返した。

「私もご一緒させていただいてよろしいですか？　ただ待つのでは心苦しいですし」

「ほんなら、お願いしましょうか。他にももらいもんがありますんで、よければ持って行ってください」

気を遣ったはずがかえって迷惑をかける形になり、野茉莉は恐縮している。

「平吉さんも見ていかれませんか？」

「いやいや。俺は外で待ってますわ」

付いていくとさらに土産が増えるような気がして、苦笑いで遠慮する。三人が奥へ行ったのを見送り、平吉は神社の石段まで戻って腰を下ろした。

雲一つない散策には絶好の日和だ。涼やかな初夏の風に一息を吐いて、平吉は辺りを見回した。静かな神社も縁日になれば人でごった返す。今年の祭りも夫婦で楽しむつもりだった。

平吉は今の暮らしを気に入っている。野茉莉と結ばれて四代目秋津染吾郎を継ぎ、職人としての評価も得た。裏でも腕利きの退魔だと言われており、順風満帆と言っていい毎日だ。しかしこうやって独りで休んでいると、ふと寂しくなる瞬間がある。心から幸福だと言えるのに取り残されたように感じてしまうのだ。

「平吉さん？」

ぼんやりとし過ぎていたのか、気付くとちよがすぐ近くにいた。たおやかに微笑みながらこちらを覗き込んでいる。

「ああ、終わりましたか？」

「野茉莉さんはまだかかりそうなので、私だけ戻りました」

残念ながらとでも言いたげに口の端が緩んでいる。いまだに妻との仲をからかわれるのは親しみの証拠だと諦めていた。

この歳になってもうまくあしらわれるが、別に苦手な相手ではない。気楽な調子で言葉を交わしていたが途中でちよが口を噤《つぐ》んだ。不思議に思い問い掛ければ、世間話の延長のような軽さで彼女は言う。

「どうにも疲れた顔をされてますから。何か、悩み事ですか」

図星を指されて一瞬だけ固まった平吉は、笑みを張り付けてすぐに答えた。

「そりゃあ悩みくらいありますって。近頃の装飾は欧風の金属製が主流や。俺の簪がどこまでいけるんか不安になります」

明治に入って昔ながらの工芸品はあまり尊ばれなくなった。好みで言えば木彫を貫きたいが、おそらく木製の装飾や小物は諸外国の華やかな品々に負けて衰退していくだろう。先を考えればどこかで見切りをつけ、流れに乗る必要があるのかもしれない。

ちよは何も言わなかった。誤魔化しではないが本音でもないと察しているのだ。降参した平吉はがしがしと頭を掻き、空を見上げたまま投げやりに問う。

「……なあ。磯辺餅焼いてくれってゆうたら、どう思う？」

口調が崩れたのは、本音に近いところから取り出したせいだ。ちよも気にせずそれを受け入れて、どこか寂しそうに目を細めた。

「構いやしませんけど、すぐには無理ですねぇ」

「そらそうや。いつでも焼けるように準備はしとかんわな。二年前からそうなってしもた」

答えは想定通りだった。

野茉莉は勿論のこと三橋夫妻や国枝航大も、同郷だったというちよの中にも甚夜は残っていない。それを実感する時、満ち足りた暮らしを送りながらも空虚に襲われる。しかし辛いとは思わないし、託されたものを放り出すつもりもない。誰もが忘れてしまったことも仕方がないと諦めている。

だから憂鬱の理由はむしろ逆だった。

「せやから、なんで俺だけ覚えてるんやろなって時折考える」

二年前のあの夜、平吉は鬼そばを襲ったマガツメの配下を撃退したが、守ったはずの野茉莉には記憶の欠落が起こった。状況から考えれば、あの夜自分もどこかで東菊に会って記憶を消されたのだろう。にもかかわらず自分だけ甚夜をまだ覚えている。

一度は消されているのなら異能が効かなかったのではなく、また、機会も十分にあったはずだ。つまり東菊は、敢えて平吉の記憶から甚夜の存在を消さなかった。その事実が二年を経てもしこりとなって残っている。

「よう分からへんけど、覚えてるんが不満やゆうことですか？」

「いや、そうやなくてな。ただの愚痴や」

もはやどうにもならないことなのだから愚痴以外の何ものでもない。

ただ考えてしまう。東菊はマガツメの娘、強大な鬼女が切り捨てた心の一部だ。彼女は自身の根源である鬼女の思惑に従うしかなかった。そしてマガツメは甚夜の居場所を奪おうと暗躍し、目論見通りの結末となった。唯一の例外が平吉の抱える記憶だった。

だとしたらこれは、東菊がマガツメの呪縛に逆らってでも記憶を消したくないと願った証明ではないか。その程度には平吉との雑談を大切にしてくれていたのかもしれないと、ようやく考えられるようになった。

もっとも真相を知る者はもうこの世におらず、明確な答えが出ることはない。これからも胸のつかえは取れないままだろう。それでも無意味になってしまった東菊との交流にも、わずかな価値があって欲しいと思ってしまう。

「すんまへん、妙な話してしもて」

ぐっと背筋を伸ばし、無理に話を終わらせる。心に余裕ができたおかげで自然に笑みが零《こぼ》れた。

「いいえ。少しでも楽になったんやったら、私達も嬉しいですから」

「ああ、そうゆうこと。どうりでなんや強引に話を進める思たわ」

皆に気遣われていたのだと知って平吉は口を尖らせた。

野茉莉の誘いから航大の振る舞い、話を聞いてくれたちよも含めて最初から予定通りだったらしい。一人前になったつもりがこうも容易《たやす》く見透かされる。結局、人の本質はそうそう変わるものでもないのだ。

見計らったように戻ってくる愛しい妻に曖昧な笑みを向ける。いじけてはみたものの心配してくれる誰かが傍にいるというのはありがたい。それを簡単に放り出してしまった馬鹿な男を知っていればなおさらだ。

「旦那様、お待たせしました」

平吉の息抜きのためではあったが頂き物の用件は事実だったようで、野茉莉は桃以外にも色々と抱えていた。妻に荷物を押し付けるのは趣味ではないので全て受け取って、ちよに小さく頭を下げる。

「なんや色々とおおきに。ほな、俺らはこれで」

解決するような問題ではないが、言葉にしたことで多少は憂鬱も晴れた。お節介な知人に感謝し、平吉達は荒妓稲荷神社を後にする。

通りに戻ると先程よりも人が増えており喧騒《けんそう》が耳に心地好い。縁日が近いせいか、京の町は普段より浮かれているようにも見えた。

「野茉莉もありがとうな」

「なんのことでしょう?」

とぼけるのは妻の優しさだが、そうやって振る舞えるのは憂いがないからだろう。彼女を悩ませるものがないことは嬉しいのに、せめて悲しんで欲しいと理不尽なことを考えてしまう。東菊だけでなく甚夜との別れも平吉にとっては大きな傷だった。

「人生足別離……」

いつか教わった詩の一節を、誰にも聞こえないよう舌の上で転がす。人生には別れがつきものだ。敬愛した先代も憧れていた鬼も、為すすべなく別れることになってしまった。

それを哀しみはするが、同時に不満もあった。マガツメの策略のままに甚夜は居場所を奪われた。しかし他人としてなら、たとえば平吉の知人を演じれば親娘にはなれなくても野茉莉との縁を繋ぎ直せたはずだ。なのに、あの男はそれをせずに逃げた。

マガツメは野茉莉にただならぬ悪意を向けていた。留まって再び狙われるような状況を危惧したからこそ甚夜が去ったのだと分かっているが、納得はできなかった。野茉莉と夫婦になった時くらいは、何らかの形で連絡があるだろうと思っていた。それさえなかったのだから文句の一つも出てくる。

「どうかしましたか?」

「いいや。ま、改めて目標を掲げたってところやな」

平吉は不敵に笑った。

鬼は長くを生きる。おそらく甚夜は、平吉以上に別れの重さを噛みしめているに違いない。しかし、それだけの生涯ではないのだと叩きつけてやりたい。手始めに、あの馬鹿な男が手放したものを軒並み大切にしてやるのだ。その上であいつに追いついたら教えてやろう。お前が結んだ縁は簡単に断ち切れるほど柔《やわ》ではないのだと。

「出会いは、別れのためにあるんやないぞ。いつかぶん殴ったるから首洗って待っとけよ」

古い偉人がどんな詩を読もうと、それに従う義理はない。向こう見ずは未熟者の特権だ。生きているのだから別れても会いに行けばいいし、師匠にも甚夜にも及ばないからこそ誰よりも強くあろうと平吉は誓う。

まずは愛しい妻と旨いものでも食べに行こう。土産話は多い方が盛り上がる。

あの男が羨ましがる姿を想像しながら、平吉は財布に入った金の数を確かめた。

中西モトオ（なかにし もとお）

愛知県在住。WEBで発表していた小説シリーズ
『鬼人幻燈抄』でデビュー。

鬼《き》人《じん》幻《げん》燈《とう》抄《しょう》 明《めい》治《じ》編《へん》 君《きみ》を想《おも》う

2021年6月20日　第1刷発行

著　者　中《なか》西《にし》モトオ

発行者　庄盛克也

発行所　株式会社 双葉社
〒162-8540 東京都新宿区東五軒町3-28
電話 営業03(5261)4818
編集03(5261)4852

印刷所　中央精版印刷株式会社
製本所　中央精版印刷株式会社

ISBN978-4-575-24417-5　C0093　
定価はカバーに表示してあります

双葉社ホームページ　http://www.futabasha.co.jp/
（双葉社の書籍・コミック・ムックが買えます）